Tränen im Sumpf - Ein kunstvoller Roman

Rüdiger Wirth

Bibliografische Information der Deutschen Nationalbibliothek: Die
Deutsche Nationalbibliothek verzeichnet diese Publikation in der
Deutschen Nationalbibliografie; detaillierte bibliografische Daten sind
im Internet über dnb.dnb.de abrufbar.

© 2020 Rüdiger Wirth
Herstellung und Verlag: BoD – Books on Demand, Norderstedt
ISBN: 978-3-7460-6288-4

Tränen im Sumpf, Teil 1

Die Geschichte, die ich euch erzähle, ist eine wahre Geschichte·

Ich war an einem See, nicht weit von meinem Zuhause· Es war früh am Morgen, und ich saß auf meiner Lieblingsbank, die so nah an dem See stand, dass ich problemlos Brotkrümel hineinwerfen könnte· Links und rechts von mir führten Wege vorbei, um den See herum in einen großen Wald hinein·

Bevor ich es vergesse: Mein Name ist Maria, ich bin 15 Jahre alt und besuche die Realschule·

Doch die Sommerferien hatten begonnen, weshalb ich es mir auf der Bank gemütlich machte, um meinen Roman zu Ende zu lesen.

Als er gerade spannend wurde, bemerkte ich nicht sofort, dass jemand neben mir stand und mich beobachtete.

„Guten Morgen", sagte der Fremde. „Ist hier noch ein Platz frei?"

Ich sah von meinem Buch auf in die freundlichen Augen eines jungen Mannes und nickte ihm zu.

Er setzte sich neben mich auf die Bank und drehte sich zu mir.

„Hi, ich heiße Gorgan. Ich hoffe, ich störe dich nicht."

„Nein", sagte ich, „ich heiße Maria." Und wir gaben uns die Hände. Dann legte ich mein Buch zur Seite, drehte mich zu Gorgan und schaute ihn fragend an.

„Gorgan? Was ist das für ein seltsamer Name? Den habe ich noch nie gehört. Woher kommst du?"

Gorgan lehnte sich zurück, hob seine Arme und legte sie auf der Rückenlehne der Holzbank ab, drehte seinen Kopf langsam zu mir und sah mich an.

„Das kann ich dir sagen, aber du wirst es mir nicht glauben", sagte er.

„Versuche es doch einfach", gab ich zurück.

Gorgan kam ein Stück näher, schaute mir in die Augen und sagte: „In Ordnung, aber nur, wenn du mir versprichst, dass du nicht gleich deine Sachen packst und wegrennst."

„Abgemacht", sagte ich mit ernster Miene.

Gorgan nickte, atmete tief ein und begann:

„Ich komme von einem anderen Planeten, weit außerhalb eures Sonnensystems.

Londras, so heißt der Planet, wo einst meine Heimat war ..."

„Stopp", unterbrach ich ihn, „du willst mich wohl veräppeln!"

„Nein, Maria, das ist mein Ernst, und ich kann es dir beweisen."

Ich zog meine Augenbrauen skeptisch zusammen, ließ mich nach hinten auf die Bank fallen und verschränkte die Arme.

„Okay", sagte ich, „beweise es mir." Gorgan schaute nach rechts und nach links. „Siehst du rechts den Weg? Dort auf der Wiese, da ist eine Frau und spielt mit ihrem Schäferhund." Ich nickte. Genau in diesem Augenblick legte sich der Schäferhund hin und rührte sich nicht mehr von der Stelle. Zuerst war es spannend zu sehen, was passierte. Doch als ich merkte, dass die Frau versuchte, ihren Hund erst durch Rufen, dann durch Schimpfen vergeblich zum Aufstehen zu bewegen, und dann verzweifelt an ihrem Hund zu ziehen und zerren begann, da tat mir die Frau leid. Ich umklammerte Gorgans Arm mit meiner Hand und rief: „Bitte, höre damit auf!"

Gorgan schaute mich an und nickte. Dann hob er seinen rechten Arm, zeigte mit seiner Hand in die Richtung, wo der Hund auf der Wiese lag, und genau in diesem Augenblick fing das Tier zu bellen an und stand auf, als sei nichts gewesen.

Ich atmete tief ein und war erleichtert.

„Wie hast du das gemacht?", fragte ich ihn.

„Maria, wir sind euch in der Entwicklung um viele Jahre voraus, und besonders in der Hypnose sind wir weiter entwickelt als ihr."

„Ich muss sagen, Gorgan, das war beeindruckend, aber ich hatte auch ganz schön Angst um den Hund. Doch das mit dem anderen Planeten klingt für mich immer noch etwas unglaubwürdig."

Gorgan zuckte mit den Schultern und schmunzelte ein wenig.

„Ich kann dich verstehen", sagte er und wirkte unruhig. „Leider muss ich jetzt gehen, aber ich würde mich freuen, wenn wir uns morgen früh um die gleiche Zeit hier treffen könnten. Dann werde ich dir beweisen, dass ich von einem anderen Planeten komme."

Ich schaute Gorgan direkt in die Augen. „Ich bin ein neugieriger Mensch, das muss ich jetzt wissen. Also werde ich morgen hier sein."

Fast gleichzeitig standen wir von der Bank auf und gaben uns zum Abschied die Hand. Ich sah Gorgan noch kurz hinterher, als er den Weg links vom See entlangging. Dann erst drehte ich mich in die entgegengesetzte Richtung und ging nach Hause.

Es war kurz vor Mittag, die Sonne strahlte vom Himmel, und es war angenehm warm. Während ich nach Hause ging, grübelte ich darüber nach, was ich gerade eben erlebt hatte. Darüber konnte ich doch mit niemandem reden. Sie würden denken, ich sei verrückt geworden. Ich beschloss, erst einmal bis morgen nach dem Treffen abzuwarten.

Als ich mich meinem Zuhause näherte, blickte ich auf die mannshohe Mauer, die unseren umgebauten Bauernhof umgab und Fremden keinen Einblick gewährte. Ich ging durch die große, schwere Stahltür, die sich nur mit viel Kraftaufwand öffnen ließ und dann den Einlass in den hinteren Teil unseres Grundstücks frei machte. Hier war ich sehr gerne und immer dann, wenn ich grübeln musste. So wie heute. Ich ging zu der kleinen Bank, die ich Oma-und-Opa-Bank nannte, und setzte mich dorthin, um nachzudenken. Dabei schweifte mein Blick zu der kleinen, alten Hütte links neben mir, in der wir unser Werkzeug verstauten. Ich schaute weiter und sah die zwei alten Apfelbäume auf der Wiese gleich neben dem alten Brunnen, der mich schon immer sehr interessierte, nachdem mein Vater mir gesagt hatte, dass er ein Geheimnis verberge. Auf dem Brunnen stand eine alte Bronzestatue in Form eines alten Mannes, der nicht größer als ein Zwerg war. Der kleine Mann schaute zur Sonne hoch, während er in seinen Händen noch etwas festzuhalten schien, das aber schon längst in den Brunnen gefallen war. Als ich noch klein war, erzählte mir mein Vater oft, dass dieser Gegenstand schon mehr als dreihundert Jahre auf dem Boden des Brunnens liegen sollte. Seitdem verfolgt mich dieses Geheimnis, das ich noch unbedingt herausfinden möchte.

Doch erst einmal musste ich mich um ein anderes kümmern, nämlich, ob Gorgan wirklich ein Außerirdischer war.

Als ich aufstand und in Gedanken versunken über den Hof schlenderte, packten mich plötzlich Hände an meinen Hüften und hoben mich empor.

„Hey, was soll das?", schrie ich laut und schlug wild um mich, bis ich schließlich auf dem Boden abgesetzt wurde. Als ich mich zu dem Übeltäter umdrehte, erblickte ich eine breite Männerbrust, und als ich weiter nach oben sah, schaute ich in die frech aufleuchtenden Augen meines Vaters. Noch wütend schlug ich ihm leicht mit der flachen Hand auf die Brust.

„Mensch, Papa, du hast mich vielleicht erschreckt!"

Dabei musste ich mir allerdings ein Grinsen verkneifen.

„Was hast du denn heute den ganzen Vormittag gemacht?", ging er über meine Bemerkung hinweg und legte dabei seinen Arm über meine Schulter.

„Das geht dich gar nichts an!", gab ich zurück und drehte mich geschickt aus seinem Arm und lief schnell zum Eingang unseres Hauses, weil ich wusste, dass mein Vater mir hinterherlaufen würde. Plötzlich ging die Haustür auf, und wir zwei standen laut schnaufend vor meiner Mutter.

„Was macht ihr denn schon wieder?", fragte sie gespielt empört, denn inzwischen kannte sie unsere Kabbeleien.

„Ich habe euch schon gerufen, das Essen ist fertig."

Ich drückte mich schnell an ihr vorbei durch die Tür, murmelte ihr ein „Ich gehe mir eben die Hände waschen" zu und verschwand im

Badezimmer· Während ich mich frisch machte, musste ich an meine Mutter denken· Vor etwa zwei Jahren war sie Lehrerin an meiner Schule, bis dieser blöde Autounfall passierte· Danach lag sie drei Monate lang im Koma, und als sie erwachte, musste sie sich damit auseinandersetzen, dass sie ihr Augenlicht verloren hatte· Ihren Beruf konnte sie seitdem nicht mehr ausüben, doch sie war eine Kämpfernatur und kam jetzt gut alleine zurecht·

Ein Klopfen an der Tür riss mich aus meinen Gedanken·

„Spatz? Bist du eingeschlafen? Wir warten schon auf dich·"

„Nein, Papa, ich komme sofort", antwortete ich·

Während ich zum Esszimmer ging, entschied ich, meinen Eltern erst einmal nichts von Gorgan zu erzählen, auch wenn ich meinem Vater nur schwer widerstehen könnte, wenn er mich wieder mit Fragen löchern würde·

Als ich ins Esszimmer kam, saßen meine Eltern bereits am Tisch und schauten mich an. Kaum hatte ich mich gesetzt, begann das Verhör meines Vaters. Also erzählte ich ihm von meinem Vormittag und dass mich ein junger Mann angesprochen hatte. Doch was er mir erzählt hatte, ließ ich aus.

„Was wollte er von dir", fragte mein Vater sofort, wie ich es erwartet hatte. „Sah er gut aus?" Das war meine Mutter.

Ich schaute zu meiner Mutter und musste grinsen. Dabei nickte ich ihr zu. Dann sah ich mit ernster Miene zu meinem Vater, und als ich gerade etwas sagen wollte, mischte sich meine Mutter ein.

„Jetzt lass das Kind doch erst einmal essen!" Er murmelte noch etwas vor sich hin, während er mich ansah, ließ mich aber in Ruhe. Ich atmete innerlich auf.

Als meine Eltern mit dem Essen fertig waren, machte meine Mutter den Vorschlag auszugehen. Mein Vater sagte sofort: „Ja", dann schauten mich beide fragend an.

„Geht ihr beide ruhig und macht euch einen schönen Abend, ich bleibe hier und mache es mir im Wohnzimmer gemütlich."

Mein Vater half meiner Mutter in ihre Jacke und führte sie dann mit seiner Hand an ihrem Ellenbogen zur Tür hinaus.

Ich räumte noch auf, ging anschließend ins Wohnzimmer und legte zunächst mein Buch auf den Wohnzimmertisch, der eher einem Felsbrocken ähnelte, auf dem eine haustürgroße Felsplatte lag. Da mir etwas frisch war, ging ich zu unserem Kamin, legte ein paar Holzstücke hinein und zündete sie an. Endlich konnte ich mich entspannen, legte mich dafür auf den großen weißen Teppich, der vor dem Kamin lag, und streckte meine Arme und Beine von mir.

Im Zimmer war das Licht aus. Das einzige Licht kam vom Feuer im Kamin, in dem das Holz laut knisterte. Ich dachte sehr lange über Gorgan nach und darüber, was er mit dem Hund gemacht hatte. Dabei spürte ich, dass meine Augen immer schwerer wurden, und kurze Zeit später musste ich eingeschlafen sein.

Als ich am nächsten Morgen aufwachte, lag eine Decke über meinem Körper, die mir wohl meine Eltern übergeworfen hatten, als sie gestern nach Hause gekommen waren.

Plötzlich wurde die Tür aufgestoßen.

„Guten Morgen, Schatz, wie hast du geschlafen?", hörte ich die fröhliche Stimme meiner Mutter. „Willst du nicht aufstehen?"

Ich war noch müde und streckte mich erst einmal. Als ich einigermaßen wach war, folgte ich meiner Mutter in die Küche, die gerade den Tisch deckte.

„Wie spät ist es denn?"

„Es ist gleich Viertel vor zehn."

„Waas? Schon so spät? Oje, ich muss mich beeilen, ich bin um zehn Uhr verabredet. Ich esse später."

Schnell rannte ich die Treppe hinauf und eilte in mein Zimmer, suchte mir in Windeseile ein paar Klamotten aus dem Schrank, rannte dann die Treppe hinunter und stürzte zur Haustür hinaus. Im Hof schnappte ich mir mein Fahrrad und trat mit aller Kraft in die Pedale. Bis zum

See war es nicht weit, sodass ich ihn nach wenigen Minuten erreicht hatte. Dennoch war ich zu spät dran und hoffte, dass Gorgan noch dort war.

Da sah ich ihn auf der Bank sitzen und lächelte ihm zu. Dort angekommen, stieg ich von meinem Rad, stellte es neben der Bank ab und setzte mich mit einem „Guten Morgen" und einer Entschuldigung zu Gorgan.

„Hallo Maria, ich wünsche dir auch einen guten Morgen. Ich bin auch erst vor wenigen Minuten gekommen. Schön, dass du da bist."

Er lehnte sich entspannt zurück, legte ein Bein über das andere und drehte sich zu mir.

„Du bist bestimmt gespannt, was ich dir zu erzählen habe, richtig?"

Ich schaute ihn an und nickte. „Ich musste gestern noch den ganzen Tag daran denken."

„Also möchtest du jetzt alles erfahren?"

Wieder nickte ich.

„Londras, so heißt der Planet, der einst meine Heimat war. In unserem Sonnensystem gibt es zwei Sonnen, dreizehn Planeten und zwei

Monde· Der größte Planet heißt Taskum 4, und dort werden einmal im Jahr Wettkämpfe und Spiele ausgetragen, die sieben Wochen lang dauern· Der erste Wettkampf ist traditionell das größte UFO-Rennen im ganzen Sonnensystem· Von jedem der dreizehn Planeten wird ein UFO ins Rennen geschickt· Die Aufgabe im ersten Spiel besteht darin, alle dreizehn Planeten anzufliegen, auf ihnen zu landen, dreizehn bekannte Kräuter zu suchen und dann wieder nach Taskum 4 zurückzufliegen· Die Schwierigkeit liegt darin, es innerhalb von dreizehn Stunden zu schaffen·"

Gorgan begann auf einmal zu lachen, und ich schaute ihn fragend an·

„Was dabei manchmal für lustige Sachen passiert sind, das kann man sich gar nicht vorstellen, wenn man noch nie dabei gewesen ist·"

Während er das sagte, schmunzelte er· Doch dann wurde sein Gesichtsausdruck ernst·

„Als das Rennen auf das Ende zuging, kam für mich eine schlimme Nachricht·" Gorgan hörte

auf zu reden. Er stand auf, drehte sich mit dem Rücken zu mir und schaute zu Boden.
„He, was ist los mit dir?", fragte ich ihn sanft, stand auf und ging zu ihm. Ich berührte ihn mit meiner Hand an der Schulter und wiederholte meine Frage. Doch er gab mir keine Antwort. Ich ging um ihn herum, sodass ich vor ihm stand und ihm in die Augen sehen konnte. Sein Gesicht sah traurig aus, und ich sah, wie er gegen die Tränen ankämpfen musste, die sich in seinen Augen bilden wollten. Ich nahm ein Taschentuch aus meiner Tasche und gab es ihm.
„Danke, Maria", sagte er zu mir, drehte sich dabei um und trocknete seine Tränen.
Dann setzten wir uns wieder gemeinsam auf die Bank.
„Was ist passiert?", fragte ich ihn behutsam.
Er hob seinen Kopf, seine Augen sahen sehr traurig aus. Ich vermutete, dass etwas sehr Schlimmes passiert sein musste. Ganz leise sagte er dann:

„Es kam eine Nachricht, dass eine riesige Giftwolke unseren Planeten mehr und mehr umschloss·

Und alle Lebewesen, die sich direkt darunter befanden, wurden getötet·" Er machte eine kurze Pause, um tief einzuatmen·

„Getötet?", fragte ich, während sich in meinem Hals ein Kloß bildete·

„Ja, getötet", erwiderte er, während ihm eine Träne die Wange hinunterlief· „Oh mein Gott, das ist ja das Schlimmste, was ich je gehört habe·" Dabei tupfte ich mit einem Taschentuch die Tränen weg, die sich aus meinen Augen lösen wollten·

„Die Spiele und Wettkämpfe waren sofort beendet", fuhr Gorgan fort· „Ich musste sofort an meine Familie denken, an meine Frau und an meine Tochter Samynija, sie war gerade acht Jahre alt geworden· Ich hatte fürchterliche Angst, sie nie wiederzusehen·"

Verständnisvoll nickte ich ihm zu, denn auch ich hätte solche Angst gehabt, wenn es um meine Familie gegangen wäre· Gorgan drehte sich zu mir, sein Blick war gesenkt, dann sprach er wieder·

„Mein zwei Jahre jüngerer Bruder Till, der bei mir war, rief sofort, dass wir uns beeilen müssten, und wir flogen, so schnell es ging, nach Londras· So einen Anblick hatte ich noch nie zuvor gesehen· Der ganze Himmel war voller Raumschiffe, die nach Londras flogen, weil viele der Teilnehmer der Spiele von dieser schrecklichen Nachricht gehört hatten und so viele Leben wie möglich retten wollten· Als wir auf Londras zuflogen, sahen wir schon von Weitem die riesige graugrüne Giftwolke.

Alle Lebewesen, die damit in Berührung gekommen waren, waren tot, und überall, wo ich hinschaute, lagen ihre leblosen Körper auf dem Boden."

„Das ist ja schrecklich", rief ich und fühlte, wie mein Herz schneller schlug und das Blut durch meine Adern pumpte.

„Als ich mein Haus sah, war die Giftwolke schon darüber, und ich schrie, weil ich dachte, meine Familie sei noch dort. Doch dann sah mein Bruder meine Frau und meine Tochter, die winkend aus einem anderen Haus herausgelaufen kamen, das sich noch nicht unter der Giftwolke befand. Sie rannten uns entgegen, und es waren noch andere Menschen dabei. Ich weinte vor Glück. Im Raumschiff machten wir ganz viel Platz, um so viele Leben wie möglich retten zu können, bevor die Giftwolke uns erreichen konnte.

*Das war Rettung in letzter Sekunde, denn
kurze Zeit später war es nicht mehr möglich·
Die Geretteten verteilten wir auf verschiedene
Planeten, und meine Familie und ich, wir lebten
zwei Jahre lang auf dem Planeten Terence 2
bei Freunden und waren dort sehr glücklich·
Doch wir wussten, dass das nicht für immer
sein würde· Also machten Till und ich uns mit
fünf weiteren Raumschiffen unseres Volkes auf
den Weg, einen neuen Planeten für die
Bewohner von Londras zu finden, der vielleicht
unsere neue Heimat werden konnte·"*
*Während Gorgan mir das alles erzählte, schaute
ich mich um und sah, wie viele Menschen hier
schon unterwegs waren· Manche saßen auf der
Wiese, manche fuhren mit Fahrrädern um den
See herum, andere gingen mit ihren Hunden
spazieren, und Kinder spielten miteinander·*
*Erst als Gorgan mich fragte, ob alles in
Ordnung sei, bemerkte ich, dass er zu reden
aufgehört hatte·*
*„Ja, es ist alles in Ordnung· Ich muss nur
gerade alles, was du mir erzählst, verarbeiten·"*

„Sollen wir vielleicht ein Stück gehen?"
Statt eine Antwort zu geben, stand ich auf,
und Gorgan setzte seine Erzählung fort·
„Als wir schon mehrere Tage vergeblich
unterwegs waren, mussten wir mehr Risiken
eingehen· Also teilten wir uns auf· Till und ich
machten uns mit unserem Raumschiff alleine
auf die Suche· Im Weltraum ist es kalt und
dunkel, jeder Fehler wird sofort bestraft·
Als wir nach langem Herumirren keinen Erfolg
und unsere Reserven fast aufgebraucht hatten,
schaute Till plötzlich mit großen Augen an mir
vorbei· ,G-glaubst du an W-Wunder, Gorgan?',
stotterte er·
,Warum?', fragte ich ihn und drehte mich in
die Richtung, in die er starrte·
„In dem Moment erblickte ich das größte
Raumschiff, das ich je gesehen hatte· Doch das
war nicht alles: Dieses Raumschiff war zur
Tarnung von einem Asteroidenfeld umgeben und
sah bedrohlich aus· Till und ich hatten so ein
Raumschiff noch nie zuvor gesehen· Wir
wussten, dass wir nicht fliehen konnten· Wäre

es zum Kampf gekommen, hätten wir verloren.
Dann passierte etwas Merkwürdiges: Wir
konnten in das Schiff hineinsehen, und was wir
dort sahen, erschreckte uns sehr, denn wir
schauten uns selbst an, so, als würden wir in
einen Spiegel sehen, nur dass dort keine
Spiegel, sondern wir quasi als Doppelgänger in
dem Raumschiff zu sehen waren.
Als sich unsere Blicke trafen, sagte Till auf
einmal: ,Ich glaube, ich weiß jetzt, was los ist.
Das sind Formwandler.'"
„Was sind bitte Formwandler?", wollte ich
wissen.
„Es sind Wesen", sprach Gorgan weiter, „die
alle Formen und Gestalten anderer annehmen
können. Sie leben in der Tiefe des Weltalls und
sollen schon mehrere 1000 Jahre alt sein. In
vielen Kulturen gelten die Formwandler als
Götter, und so werden sie auch verehrt. Bis
dahin hatten wir noch keine getroffen, und
diese nahmen Kontakt zu uns auf. Sie wussten
jedoch bereits, wer wir waren und woher wir
kamen. Und dann sagten sie etwas, Maria, was

uns fast umgehauen hätte." Gorgan machte eine Pause.

„Wie ging es dann weiter?", fragte ich ihn neugierig, doch anstatt sofort zu antworten, rückte er zunächst ein Stück näher an mich heran.

„Sie sagten, dass sie wahrscheinlich einen Planeten hätten, der für uns eine neue Heimat werden könnte. Wir konnten erst gar nicht verstehen, was sie uns da sagten. Doch als Till und ich uns ansahen, strahlten wir uns an, und im nächsten Augenblick sprangen wir uns in die Arme vor Glück."

Während Gorgan das erzählte, sah ich das Funkeln in seinen Augen und glaubte ihm sofort, was er erzählte.

„Dann schleppten die Formwandler unser Raumschiff ab in ein Sonnensystem mit drei Monden und acht Planeten. Von diesem Sonnensystem hatte ich zuvor noch nie etwas gehört.

Und dann landeten wir auf dem für uns neuen Planeten, der schon seit vielen Jahren

unbewohnt sein sollte, wie unsere Retter
sagten·

‚Lernt, auf diesem Planeten zu leben, lernt,
mit den Tieren, die hier leben, auszukommen,
und bildet eine Einheit·'

Mit diesen Worten ließen die Formwandler
unser Raumschiff los und verschwanden·

Till und ich schauten uns ein wenig auf dem
Planeten um, blieben aber in der Nähe unseres
Raumschiffes, da es bereits später Nachmittag
war· Da, wo wir standen, waren Felsen, und
nicht weit von uns entfernt konnten wir ein
Stück Wald erkennen·

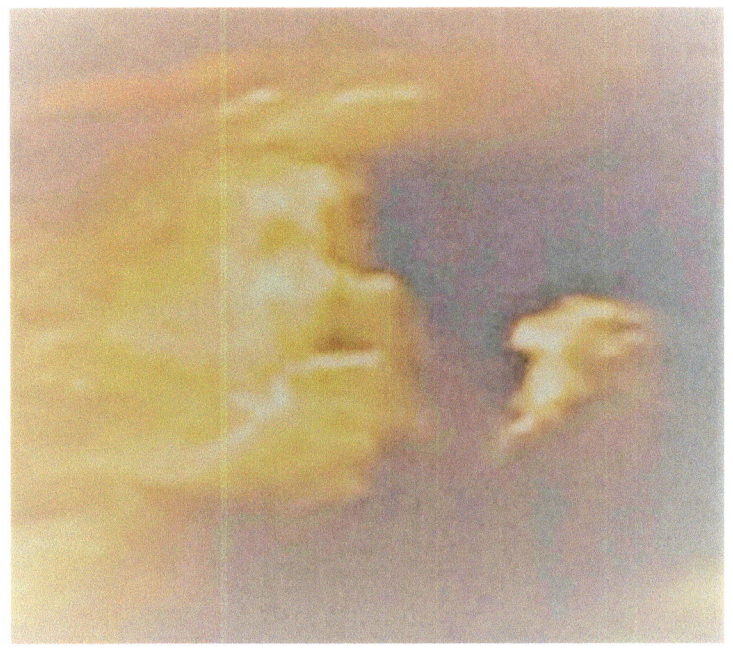

Die erste Nacht wollten wir auf alle Fälle auf
unserem Planeten bleiben· Nicht weit von
unserem Raumschiff entfernt machten wir ein
Lagerfeuer und tranken eine Flasche Partan·
Das ist ein alkoholisches Getränk, das mit
eurem Rotwein zu vergleichen ist· Wir tranken
und lachten bis spät in die Nacht· Dabei fragte
ich Till, wie unsere neue Heimat heißen solle·
Mein Bruder drehte sich langsam um seine
eigene Achse, schaute sich in aller Ruhe noch
einmal alles an, kam dann zu mir, legte seine

Hände auf meine Schultern und sagte: ,Enduss, so soll unser neuer Heimatplanet heißen.'
Ich dachte einen Augenblick darüber nach, nickte schließlich und fragte: ,Wie kommst du auf diesen Namen, Till?'
Mein Bruder lächelte und antwortete dann: ,Das bedeutet: Das Ende nach einer langen Suche.'
Der Name gefiel mir.
Am nächsten Morgen wollten wir so schnell wie möglich den Planeten verlassen, um die gute Nachricht zu verbreiten und alle ehemaligen Bewohner von Londras hierherzubringen.
Außerdem wollte ich zurück zu meiner Tochter und meiner Frau. Also füllten wir das Raumschiff mit all den Nahrungsmitteln, die wir auf Enduss finden konnten, auf und machten uns auf den Weg zu den Planeten, auf denen unsere Freunde lebten.
Die gute Nachricht verbreitete sich wie ein Lauffeuer, und alle Menschen und Tiere, die von meinem alten Heimatplaneten übrig geblieben waren, flogen nach Enduss.

Und wieder war der ganze Himmel voller
Raumschiffe, die hin- und herflogen· Nur Till
und ich flogen weiter zur Erde·"
„Und was wollt ihr hier?", unterbrach ich ihn·
„Na ja", sagte Gorgan, „wir möchten hier auf
der Erde neue Freunde finden, und ich hoffe,
dich schon dazuzählen zu können·"
Ich nickte, und als ich ihn gerade fragen wollte,
warum ausgerechnet auf der Erde, hörten wir
von Weitem jemanden rufen· Gorgan und ich
schauten uns um und sahen dann jemanden auf
uns zukommen·
„He, Bruderherz, da bist du ja endlich· Ich habe
dich schon gesucht·"
Gorgan schaute mich an und sagte dann:
„Maria, das ist mein Bruder Till· Till, darf ich
dir vorstellen? Sie ist Maria·"
Till kam auf mich zu, lächelte mich freundlich
an und gab mir die Hand·
„Nett, dich kennenzulernen", sagte er·
Ich nickte· „Es ist auch nett, dich
kennenzulernen, Till·"

Er blickte auf seine Uhr· „Gorgan, wir müssen uns beeilen, wir haben nur noch eine halbe Stunde Zeit·"

„Maria", sagte Gorgan, „jetzt könnte es interessant für dich werden·"

Ich sah ihn fragend an· „Nicht weit von hier, auf einem abgelegenen Grundstück, wird unser Raumschiff sichtbar werden· Das möchtest du dir doch sicher ansehen, oder?"

Ich nickte eifrig· „Natürlich, ich hole nur mein Fahrrad, und dann können wir los·"

Als wir um den See Richtung Wald gingen, sagte Gorgan:

„Es ist nicht mehr weit· Wir müssen nur noch bis zum Ende des Weges gehen, dann kommen wir an einer Gartensiedlung vorbei· Dort wird das Raumschiff erscheinen·"

Der Weg wurde schmaler, und wir gingen hintereinander, Till und Gorgan gingen vor mir· Ich schaute mich um· Es sah hier verwildert aus, der schmale Weg endete an einem ziemlich heruntergekommenen Haus· Links davon war eine etwa zwei Meter hohe Hecke, die schon lange nicht mehr geschnitten worden war. Sie ging einmal komplett um ein Grundstück herum. Rechts von mir war das Gras bereits so hoch, dass es mir bis zur Hüfte ging. Till und Gorgan liefen durch das hohe Grün. Nach einigen Metern merkten sie, dass ich zurückgeblieben war.

„He, wo bleibst du?"

„Ich komme schon", gab ich zurück und stellte mein Rad ab. Dann lief ich langsam über das heruntergetretene Gras den beiden hinterher. Dabei überlegte ich, mich umzudrehen, mein Fahrrad zu schnappen und wegzulaufen. Doch meine Neugier siegte und ließ mich weiterlaufen. Vielleicht wurde dies das größte Abenteuer meines Lebens.

Auf einmal blieben Till und Gorgan stehen und drehten sich zu mir.

„Wir sind da."

Dann stellten sie sich so hin, dass sie sich gegenüberstanden und ansahen. Beide zogen jeweils einen Ring von ihrem Finger und steckten sie zusammen wie zwei Puzzleteile. Ich ging etwas näher heran· Till nahm die beiden Ringe, die jetzt eins waren, in seine rechte Hand und erhob sie· Dann schloss er seine Hand zu einer Faust und drückte diese an seine Brust· Till drehte und öffnete gleichzeitig seine Faust, sodass die Handfläche Richtung Boden zeigte und die Ringe aus seiner Hand zum Boden hin fielen· Doch dort kamen sie nicht an, sondern sie blieben in der Luft stehen und schwebten auf der Stelle· Einen kurzen Augenblick später sah ich, wie eine riesengroße Kristallkugel sichtbar wurde· Ich erschrak so sehr, dass ich rückwärts in das hohe Gras fiel· Gorgan drehte sich zu mir um·

„Maria, ist dir irgendetwas passiert?"

Er kam sofort auf mich zu, reichte mir seine Hand und half mir auf·

„Ist alles in Ordnung?", fragte er·

„Ja, es ist alles in Ordnung, ich bin nur etwas erschrocken· Aber jetzt weiß ich auf jeden Fall, dass ihr die Wahrheit gesagt habt· Trotzdem muss ich dich noch einmal fragen, was ihr ausgerechnet auf der Erde macht", antwortete ich·

„Maria, ich möchte dir etwas schenken· Es ist eine CD und ein kleines Kästchen· Ich würde mich freuen, wenn du dir mit deinen Eltern die CD ansiehst· Sie zeigt euch alles, was ihr wissen müsst·" Till, der schon im Raumschiff war, kam wieder heraus und rief laut:

„Gorgan, komm, wir müssen los!"

„Maria, warte bitte einen Augenblick", dann verschwanden beide in der Kristallkugel, um kurze Zeit später wieder heraus- und auf mich zuzukommen·

Sie umarmten mich, und Gorgan gab mir die CD und ein kleines Kästchen.

„Maria, um das Kästchen zu öffnen, musst du mit den Daumen vorne an der schmaleren Seite zweimal feste drücken."

Während er das sagte, zeigte er es mir gleichzeitig. Das Kästchen öffnete sich.

„Was ist das?", wollte ich wissen.

„Das ist eine Wunsch-Minta."

Ich sah fragend zu Till, der mir zunickte und erklärte: „Die Wunsch-Minta kann dir drei Wünsche erfüllen. Sie hat 21 Löcher und drei Mundstücke. Du musst einfach darauf spielen, egal was. Wenn die Melodie beendet ist, äußere deinen Wunsch, und ein Mundstück wird abbrechen. Dann weißt du, dass dein Wunsch in Erfüllung gegangen ist."

Ich verabschiedete mich noch einmal von Gorgan, zog meine Kette ab und gab sie ihm.

„Das kann ich nicht annehmen", sagte er.

Doch ich bestand darauf, dass er sie nahm, legte sie ihm um den Hals und erklärte ihm:

„Sie war ein Geschenk meiner Oma. Es sind drei

Anhänger daran: ein Kreuz, ein Glücksklee und ein Engel. Sie sollen dir Glück bringen."

„Maria, wir werden uns wiedersehen, darauf gebe ich dir mein Wort, und dann bekommst du die Kette zurück."

Ich nickte.

„Wir müssen jetzt fliegen. Wenn wir abheben, schau in die obere Hälfte unseres Raumschiffes. Dann wirst du noch ein paar Dinge über meinen Planeten erfahren. Pass auf dich auf!"

Mit diesen Worten drehte er sich um und ging in sein Raumschiff.

Jetzt stand ich da im hohen Gras und hatte eine CD und eine Wunsch-Minta in der Hand, wenige Meter von mir entfernt stand eine riesige durchsichtige Kugel, die ein Raumschiff war. Genau in diesem Augenblick begann sie, sich von links nach rechts zu drehen, hob dann ab und schwebte langsam über das hohe Gras. Vor lauter Aufregung konnte ich mich nicht mehr bewegen.

Ich sah in die obere Hälfte der Kugel hinein und konnte jeden einzelnen Planeten sehen, von dem

Gorgan gesprochen hatte· Dann verschwanden die Planeten, als das Raumschiff sich etwas schneller zu drehen begann· Jetzt erschien ein großer Planet, und das so nah, dass ich riesige Berge erkennen konnte· Das musste wohl Enduss, Gorgans und Tills neuer Planet, sein, vermutete ich· Im Hintergrund erblickte ich zwei Monde und erschrak, als ich mir die Berge genauer ansah· Zwischen den steilen Wänden waren mehrere kleine Drachen, die ich nicht erkannt hätte, wenn sie sich nicht bewegt hätten· Das Raumschiff wurde schneller und gewann an Höhe· Ich konnte zwischen den Bergen einen riesigen Wasserfall wahrnehmen, aus dem ein riesiger Drache geflogen kam, der Beute in seinem Maul hatte· Dann kamen riesige Bäume in Sicht, wie ich sie noch nie zuvor gesehen hatte· Jetzt spürte ich ein leichtes Kribbeln in meinem Körper, und einen kurzen Augenblick später schoss das Raumschiff in den Himmel·

Ich schaute noch hinterher, konnte aber nichts mehr von dem Flugobjekt erkennen· Eine Weile blieb ich dort stehen und dachte über das Erlebte nach.

Es war früher Nachmittag, es war angenehm warm, ich war gut gelaunt, denn ich wusste, dass alles, was ich erlebt hatte, wahr war.

Ich ging den Weg zurück, den ich zuvor mit
Gorgan und Till gekommen war, nahm mein
Fahrrad und schob es aus diesem
heruntergekommenen Anwesen wieder heraus·
Als ich mich davon entfernt hatte, schaute ich
mich in jeder Richtung um· Ich hatte das
Gefühl, aus einer anderen Welt in meine
gewohnte Umgebung zurückgekehrt zu sein:
Überall waren Menschen, die kreuz und quer
durch die Gegend liefen, und Kinder, die auf der
Wiese spielten· Ich setzte mich auf mein Rad,
mit der linken Hand hielt ich Gorgans Geschenke
fest und fuhr langsam los· Ein paar Minuten
später war ich an meinem Zuhause
angekommen· Ich stieg vom Rad, öffnete das
Tor, schob das Rad hinein, stellte es ab und
schloss das Tor·
Jetzt konnte ich endlich meiner Neugier
stattgeben und mir das Kästchen und vor allen
Dingen die Wunsch-Minta anschauen· Ich setzte
mich in unseren Garten auf die kleine Bank,
nahm das Kästchen und streichelte mit meiner
Hand über alle Seiten· Dann erst öffnete ich es

und holte die Wunsch-Minta raus, die ich ebenfalls von allen Seiten genauestens betrachtete· Die Oberfläche fühlte sich weich und glatt an· Sieben Löcher waren auf der oberen Seite und vierzehn auf der anderen Seite· An einem Ende wurde sie schlank und spitz, daran waren drei Mundstücke· Ob die Wunsch-Minta wohl funktionierte? Ich führte eines der Mundstücke an meine Lippen und spielte etwas darauf· Das hörte sich richtig gut an, fand ich· Nachdem ich die Melodie beendet hatte, sagte ich:

„Ich wünsche mir, dass meine Mutter wieder sehen kann·"

Es gab ein knackendes Geräusch, und das Mundstück, auf dem ich eben gespielt hatte, brach ab und fiel zu Boden·

Bedeutete das nun, dass mein Wunsch in Erfüllung gegangen war? Ich bückte mich, hob das Mundstück auf, machte es sauber und legte es in das Kästchen in die dafür vorgesehene Vertiefung·

Das musste ich unbedingt noch einmal probieren· Also nahm ich die Wunsch-Minta, spielte darauf, und wieder erklang eine schöne Melodie·

Als sie zu Ende war, brach das zweite Mundstück ab, das ich ebenfalls in das Kästchen legte· Anschließend wünschte ich mir, mich zu verlieben und einen Freund zu haben bis an mein Lebensende· Als ich gerade dabei war, die Wunsch-Minta in das Kästchen zu legen, hörte ich plötzlich einen lauten Schrei, der von außerhalb des Gartens kam·

Nachdem ich mich vom ersten Schreck ein wenig erholt hatte, legte ich schnell das Kästchen beiseite, stand auf und lief zum Tor· Hastig öffnete ich es und lief in die Richtung, aus der ich den Schrei gehört hatte· Nicht weit von mir auf der Wiese entdeckte ich ein Fahrrad, das dort lag· Als ich meinen Blick weiter schweifen ließ, entdeckte ich einen Jungen, der auf dem Rasen saß· Während ich zu ihm lief, versuchte er aufzustehen·

„Ist dir etwas passiert?", fragte ich ihn und reichte ihm meine Hand, um ihm beim Aufstehen zu helfen. Er nahm die Hilfe an und ergriff meine Hand. In dem Moment konnte ich direkt in seine Augen sehen, und mein Herz begann, schneller zu schlagen.

„Danke", sagte er und klopfte sich dabei seine Kleidung ab.

„Ich heiße übrigens Kai." Er hielt mir seine Hand hin, und ich gab ihm meine.

„Und ich bin Maria. Was ist denn passiert?"

„Ich trainiere hier im Park fast jeden Tag. Tja, und dieses Mal war ich wohl ein bisschen zu schnell, habe die Kontrolle über mein Rad verloren und bin gestürzt."

Während er mir das erzählte, hob er sein Rad auf und schaute, ob noch alles in Ordnung damit war.

„Dein Rad scheint ja in Ordnung zu sein, aber du hast Blut in deinem Gesicht, auch an den Armen und am linken Bein."

Erst jetzt, als ich ihm das sagte, bemerkte er,
dass er sich verletzt hatte·
„Ich wohne gleich da vorne, nur ein paar Meter
von hier· Wenn du möchtest, kannst du eben
mitkommen und dich waschen und deine
Wunden versorgen·"
Kai nickte, lächelte mich dabei freundlich an und
folgte mir· Als wir in unserem Garten waren,
ließ ich ihn auf der Bank warten, lief ins Haus
und holte eine Schüssel mit warmem Wasser
und zwei Handtücher· Dann ging ich wieder
hinaus, und als Kai mich von Weitem sah, stand
er auf, kam mir entgegen und nahm mir die
Schüssel mit dem Wasser ab· Wir gingen
gemeinsam zur Bank zurück, und Kai nahm sich
gleich eines der Handtücher, das er mit der
Spitze ins Wasser tauchte, und begann, sich
sauber zu machen· Als er fertig war, entdeckte
ich noch etwas Blut und nahm ihm das
Handtuch ab·
„Stell dich bitte einmal gerade hin und halte
für einen Augenblick still·"

Kai schaute etwas verdutzt, nickte dann aber und tat, was ich sagte. Er hatte zum Glück nur ein paar kleine Hautabschürfungen und ein paar Kratzer. Das Blut war schon etwas angetrocknet, deshalb tauchte ich das Handtuch noch einmal in das Wasser. Dann ging ich näher an Kai heran, um unterhalb seines rechten Auges etwas Dreck und Blut von einer Schürfwunde zu entfernen.

Ganz vorsichtig berührte ich die verwundete Stelle mit dem Handtuch. Als ich damit fertig war, entdeckte ich noch kleine Verletzungen am Hals und an seiner Wange, die noch verschmutzt waren, und wollte sie gerade mit dem Handtuch reinigen, als Kai meine Hand festhielt.

In diesem Moment waren unsere Gesichter sich ganz nahe, sodass ich seinen Atem auf meiner Haut spüren konnte. Unsere Blicke trafen sich, mein Herz begann wieder zu rasen, und ich konnte regelrecht spüren, wie mir mein Blut durch die Adern schoss und mein Gesicht ganz warm wurde. Bestimmt war ich gerade knallrot

geworden· Langsam zog ich meine Hand aus Kais
Griff, legte das Handtuch weg und setzte mich
wieder auf die Bank· Kai setzte sich zu mir·
Um die Situation zu entspannen, fragte ich ihn,
was mir gerade in den Sinn kam·

„Was machst du denn sonst so, wenn du nicht
gerade vom Fahrrad fällst?" Kai schmunzelte,
drehte sich zu mir und schaute mich an, bevor
er antwortete·

„Eigentlich nichts Besonderes· Was man ebenso
mit siebzehn macht· Ich gehe noch zur Schule,
würde später gerne Sport und Mathe studieren,
weil ich in den beiden Fächern ganz gut bin ..."
Hier unterbrach ich ihn·

„Du kannst Mathe? Du Glücklicher! Ich bin eine
totale Niete in dem Fach·"

„Mmh, wenn du magst, kann ich dir gerne
helfen·"

„Echt jetzt? Das würdest du tun?", strahlte
ich ihn ungläubig an· „Klar, warum nicht?
Außerdem habe ich noch etwas gutzumachen",
sagte er mit einem Augenzwinkern·

Ich lächelte ihn an und nickte zustimmend, wobei ich bestimmt wieder eine gesunde Gesichtsfarbe bekam, und dachte nur, wie süß dieser Junge doch war·

Um die Situation nicht noch peinlicher werden zu lassen, fragte ich ihn: „Warum trainierst du denn so oft hier im Park?"

„Ich möchte gerne Radprofi werden· Deshalb trainiere ich so oft·"

Nach einem kurzen Schweigen fügte er hinzu: „Da fällt mir etwas ein· Wir können uns ja gegenseitig helfen·"

„Wie denn das?" Ich schaute ihn mit großen Augen an·

„Du", dabei zeigte er auf mich, „schreibst dir meine Zeiten auf, die ich fahre, und feuerst mich an, wenn ich um den See fahre, und ich helfe dir im Gegenzug bei deinem Matheproblem· Abgemacht?"

Er hielt mir seine Hand zum Einschlagen hin·

„Abgemacht·"

Ich ergriff seine Hand und drückte sie als Bestätigung·

„Dann lass uns gleich morgen damit anfangen und ...“

In dem Moment wurden wir von einem plötzlichen Schreien und Rufen unterbrochen. Jemand rief meinen Namen, und als ich mich in die Richtung drehte, aus der die Stimme kam, sah ich meinen Vater mit großen Schritten durch den Garten auf uns zukommen.

„Wer ist das?", fragte Kai.

„Mein Vater."

„Oha, dann rücke ich wohl besser ein Stückchen zur Seite."

„Nein, das ist nicht nötig, aber vielleicht wäre es besser, wenn du mir meine Hand zurückgibst", grinste ich ihn an.

Dann stand mein Vater schon vor uns.

„Maria", sagte er ganz aufgeregt, „es ist etwas Unglaubliches passiert."

Dabei schaute er mich mit strahlenden Augen an, packte mich dann und umarmte mich, dass ich fast keine Luft mehr bekam.

Als ich mich aus seiner Umklammerung befreien konnte, bemerkte er erst, dass ich nicht alleine war.

„Oh, hallo, und wer bist du?"

Kai, der links neben mir stand und gerade aus seiner Schockstarre erwachte, hob zögerlich seine rechte Hand und streckte sie meinem Vater entgegen.

„Ich bin Kai." Sie gaben sich die Hände.

„Stahlmann ist mein Name, ich bin Marias Vater."

Dann schnappte er sich euphorisch meine Hand und wollte mich hinter sich herziehen.

„Was ist denn los?"

„Es ist etwas Wunderbares passiert, aber das wirst du nur glauben, wenn du es selber siehst. Warte es ab!"

Ich riss mich los.

„Einen Moment bitte, ich muss mich erst noch von Kai verabschieden. So viel Zeit muss noch sein."

Ich drehte mich um und lief zu Kai, der gerade aus dem Garten gehen wollte.

„Sehen wir uns dann morgen?", fragte ich ihn leise.

„Ja, gerne, ich hole dich gegen elf Uhr hier am Tor ab, okay?"

Ich nickte statt einer Antwort, schloss das Gartentor, drehte mich dann um und lief meinem Vater hinterher, der schon vorausgegangen war.

Ich hörte noch, wie Kai mir ein „Ich freue mich" hinterherrief.

Während ich zum Haus lief, sah ich auf der Bank das Kästchen, in dem die Wunsch-Minta lag. Ich schnappte es mir und rannte durch den Garten zum Eingang, wo mein Vater auf mich wartete.

„Da bist du ja endlich." Er reichte mir ungeduldig die Hand und zog mich ins Haus hinein. Dort stand meine Mutter mit weit geöffneten Armen vor mir und strahlte über das ganze Gesicht. Als ich ihr in die Augen sah, fiel mir sofort auf, dass sie anders aussahen als sonst, und ich wusste, dass sich mein Wunsch tatsächlich erfüllt hatte. Vor lauter Glück sprang ich meiner Mutter in die Arme, und ich spürte, wie mir Tränen die Wange entlangliefen.

„Ich weiß gar nicht, wie das passieren konnte", sagte sie und streichelte dabei mein Haar.

„Dein Vater und ich waren einkaufen, und dann während der Fahrt nach Hause konnte ich auf einmal die Straßen und die Häuser erkennen und nach und nach auch alles andere."
Einer meiner Wünsche war also auf jeden Fall in Erfüllung gegangen· In diesem Moment beschloss ich, meinen Eltern alles über Gorgan zu erzählen·

„Mama, Papa, ich muss euch etwas erzählen."
Wir setzten uns im Wohnzimmer auf die Couch· Ich saß zwischen meinen Eltern, das Kästchen mit der Wunsch-Minta fest in meiner rechten Hand· Ich spürte, wie mich mein Vater erwartungsvoll von der Seite ansah·
Ich holte das Kästchen hervor und legte es auf die große Steinplatte, die unser Wohnzimmertisch ist· Dann schaute ich meine Eltern an, die mich fragend ansahen·
Oh mein Gott, das würde nicht einfach werden· Ich holte tief Luft und begann, von Gorgan zu erzählen, wie ich ihn kennengelernt hatte, woher er kam und wie er den Hund hypnotisiert hatte· Dabei schauten mich zwei

ungläubig dreinschauende Augenpaare an. „Ihr glaubt mir nicht, richtig?"

„Das ... klingt alles ... etwas ... befremdlich", gab meine Mutter vorsichtig zu verstehen und schaute dann hilfesuchend zu meinem Vater, der sie ansah und dabei nur entschuldigend die Schultern hochzog.

Ich holte die CD mit den Aufnahmen und das Kästchen mit der Wunsch-Minta hervor, legte es vor uns auf die Wohnzimmer-Steinplatte und öffnete es. Dann nahm ich die Wunsch-Minta heraus und legte sie vorsichtig in die Hände meiner Mutter.

„Mama, dieses merkwürdig aussehende Ding nennt sich Wunsch-Minta. Sie war ein Geschenk von Gorgan und erfüllt mir drei Wünsche. Mein erster Wunsch war, dass du wieder sehen kannst."

Mehr brauchte ich nicht zu sagen. Der Augenspezialist hatte meiner Mutter prophezeit, dass sie nie wieder würde sehen können. Sie legte die Wunsch-Minta beiseite,

stand auf und umarmte mich. Dabei spürte ich,
dass ihre Wange feucht war von Tränen.
„Es klingt alles noch sehr befremdlich, aber ich
danke dir, mein Schatz. Ich liebe dich!"
„Auch wenn es mir nicht ganz leichtfällt, so
glaube ich dir, Maria", warf mein Vater
ebenfalls ein.
Dann konnten wir uns jetzt den Film ansehen.
Als ich ihn startete, sahen wir zuerst Gorgans
und Tills Raumschiff, die riesige Kristallkugel,
und oben auf ihr saß Gorgan.
„Hallo, ihr Menschen auf der Erde. Ich heiße
Gorgan, und ihr seht mich auf einer großen
Kristallkugel sitzen. Sie ist aber ein Raumschiff.
Ich werde euch so gut ich kann erklären, warum
ich zur Erde gekommen bin."
Die große Kugel begann langsam, sich von rechts
nach links zu drehen, und Gorgan stand auf und
sah aus wie ein kleiner Mann im Vergleich zu
dem riesigen Raumschiff.
Er hob seinen rechten Arm über seinen Kopf,
holte dabei dreizehn holografische Kristallkugeln,
von denen die kleinste so groß wie ein Fußball

war, hervor und schubste sie wie Luftballons über seinen Kopf. Die Bälle ordneten sich nach ihrer Größe und Position im Sonnensystem richtig ein. Danach holte Gorgan zwei weitere, etwas größere holografische Kristallkugeln, die die Sonnen darstellten, und schob sie ebenfalls über seinen Kopf. Auch sie ordneten sich in das Sonnensystem ein.

„Das ist das Sonnensystem Kelvin 3, wo ich herkomme."

Er ging einen Schritt nach hinten und zeigte mit seiner rechten Hand auf den kleinsten Planeten.

„Das war mein Heimatplanet Londras, und der größte Planet, das ist Taskum 4, auf dem einmal im Jahr, immer in der Mitte des Sommers, die schönsten und größten Wettkämpfe und Spiele des ganzen Sonnensystems ausgetragen werden."

Nun erzählte er alles über diese Wettkämpfe, die plötzlich auftauchende Giftwolke, wie sie einige wenige ihrer Freunde gerettet hatten und wie ihnen geholfen wurde, einen anderen Heimatplaneten zu finden·

„Mein Bruder und ich sind hierhergekommen, um neue Freunde zu suchen· Da von unserer Art nicht viele überlebt haben, wollen wir euch einladen, mitzukommen und bei uns zu leben· Kommt doch mit, werdet unsere neuen Nachbarn, denn wir sind uns sehr ähnlich· Verbreitet doch bitte diese Nachricht, und wir werden bald wiederkommen und fragen, wer Interesse an unserem Angebot hat· Bis dahin wünsche ich euch alles Gute!"

Im nächsten Moment fing die Kugel an, sich ganz schnell zu drehen, und schoss bald darauf in den Himmel·

Hier endete die Aufzeichnung· Es herrschte lange Zeit absolute Stille· Dann schaute meine Mutter zu mir rüber – und griff nach meinen Händen, die auf der Steinplatte lagen· Ich schaute zu meiner Mutter rüber und hielt auch ihre Hände stark fest, dann sagte meine Mutter: „Maria, mein Schatz, ich liebe dich· Ich danke dir, dass dein erster Wunsch war, dass ich mein Augenlicht wiederbekomme·" Ich schaute meiner Mutter in die Augen, und uns beiden liefen die Tränen die Wange herunter, wir standen gemeinsam auf und umarmten uns· Dann sagte mein Vater: „Auch ich bin sehr, sehr stolz auf dich· Obwohl ich alles gesehen habe, fällt es mir noch sehr schwer, daran zu glauben· Deshalb werden wir, wenn ihr einverstanden seid, noch mit keinem darüber reden· Meine Mutter und ich stimmten zu·

Mittlerweile war es spät geworden·
„Ich denke, wir sollten erst einmal eine Nacht darüber schlafen·" Ich war total müde und ging ins Bett· „Gute Nacht, ihr zwei·"
„Ja, schlaf gut, mein Schatz", antworteten mir meine Eltern fast gleichzeitig·
Ich ging nach oben, suchte zunächst das Bad auf, ging anschließend in mein Zimmer und dann sofort in mein Bett· Doch obwohl ich so müde war, konnte ich nicht sofort einschlafen· Wenn ich die Augen schloss, sah ich sofort Kai vor mir· Unwillkürlich musste ich lächeln· Wenn

ich an ihn dachte, fühlte es sich an, als würde
sich die ganze Welt um mich herum drehen,
und mein Herz begann, schneller zu schlagen.
Hatte ich mich etwa verliebt?
Mit diesem letzten Gedanken schlief ich
schließlich ein.
Als ich am nächsten Morgen aufwachte, war es
bereits hell, und ein Blick zu meiner Uhr sagte
mir, dass es 8:30 Uhr war. Ich stand auf, ging
zum Fenster und freute mich, keine einzige
Wolke am Himmel zu sehen. Die ganze Zeit
musste ich lächeln. Im Bad ließ ich mir heute
besonders viel Zeit, denn ich wollte hübsch
aussehen. Als ich die Treppe hinunter in die
Küche ging, entdeckte ich am Kühlschrank einen
Zettel: „Hallo Schatz, wir sind unterwegs und
erst gegen Abend wieder zurück. Mache dir
einen schönen Tag.
Kuss
Mama und Papa"

Das hatte ich vor. Und er sollte mit einem
ausgedehnten Frühstück beginnen. Während ich

in aller Ruhe mein Essen genoss, musste ich immer wieder an Kai denken· Um mich etwas abzulenken und weil ich noch etwas Zeit hatte, beschloss ich, ein wenig spazieren zu gehen· Also zog ich meine Schuhe an, ging durch den Garten und dann in Richtung See· Dabei kam mir ein älteres Ehepaar entgegen, das händchenhaltend ganz langsam an mir vorbeischlenderte·

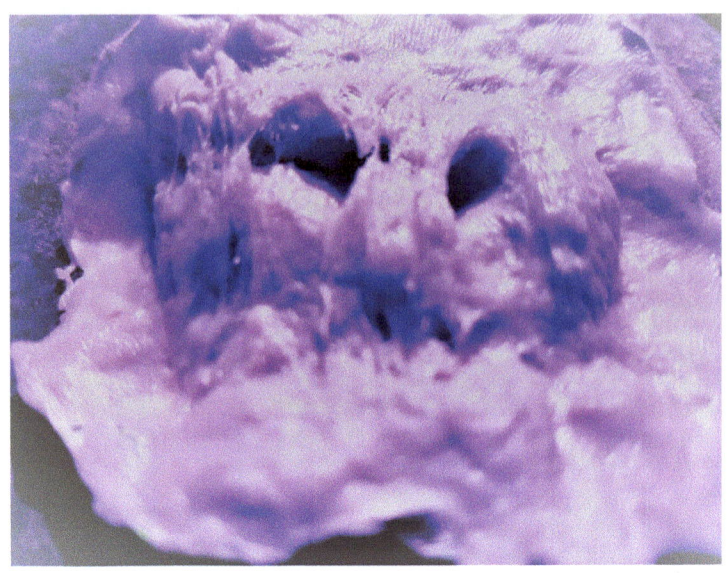

Unwillkürlich sah ich ihnen hinterher· Wie glücklich sie aussahen· Wie zwei verliebte Teenager· Dabei mochten sie locker zwischen 70 und 80 Jahren alt sein· Gleich musste ich wieder an Kai denken·

Ich schüttelte den Kopf und ging dann weiter am See vorbei und in Richtung Wald· Meine Gedanken waren dabei die ganze Zeit bei Kai· Ich konnte einfach nichts dagegen tun· Deshalb bemerkte ich zunächst gar nicht, dass der Himmel sich langsam zuzog· Erst als es windig wurde, schaute ich hoch, und die ersten

Regentropfen zersprangen auf meinem Gesicht.
Weil ich trocken nach Hause kommen wollte,
begann ich zu rennen, doch dann hörte ich
jemanden meinen Namen rufen. Ich schaute
mich nach der Stimme um und sah Kai, der auf
mich zugelaufen kam.
„Hallo, Maria, komm schnell, ich weiß, wo wir
uns unterstellen können."
Das war keine Sekunde zu früh, denn der Regen
wurde gerade heftiger. Kai schnappte sich meine
Hand, und wir rannten quer durch den Wald. Es
wurde noch windiger und dunkler, weil immer
mehr graue Wolken Platz am Himmel fanden.
Und dann kam der richtige Schauer.
Der Boden wurde immer nasser und rutschiger,
und es dauerte nicht lange, da rutschte ich auf
dem Laub aus und fiel der Länge nach mit
ausgestreckten Armen auf den nassen
Waldboden. Kai konnte mich nicht festhalten,
wollte mir aber sofort beim Aufstehen behilflich
sein. Er ging etwas in die Knie, beugte sich
nach vorne und streckte seinen Arm nach mir
aus. Ich schaute hoch zu ihm und griff nach

seiner Hand· Während er mich hochzog, fragte er mit einem leichten Grinsen im Gesicht: „Ist alles in Ordnung?“ Als ich an mir heruntersah, ahnte ich, dass ich nass, dreckig und voller Laub war·

Als ich fest stand, rutschte Kai nach hinten weg und fiel rückwärts in ganzer Länge auf den nassen Waldboden· Ich wollte ihn noch festhalten, doch dabei rutschte ich ebenfalls wieder aus und landete auf ihm, konnte mich gerade noch rechts und links von ihm mit meinen Armen abfangen· Ich drückte meinen Oberkörper hoch, sodass wir uns beide ansahen· Wir waren dreckig, voller Laub und nass bis auf die Knochen und fingen laut an zu lachen, während das Regenwasser an mir herunterlief und auf Kai tropfte·

„Warte mal“, sagte er, als wir uns etwas beruhigt hatten, ging mit seiner Hand zu meinem Haar und fischte ein Blatt nach dem anderen heraus· Dabei streichelte er ganz langsam mein Gesicht und sagte mit leiser Stimme: „Ich weiß nicht, ob das der richtige

Augenblick ist oder der richtige Moment, doch eins weiß ich ganz genau, dass ich mich in dich verliebt habe·" In diesem Moment schaute ich Kai in die Augen· „Ich mag dich sehr·" Mein Herz fing an, schneller zu schlagen· „Ich wollte dich fragen ...", dabei machte Kai eine Pause, jetzt fing mein Herz an zu rasen, „... ob du mit mir gehen willst·" Ich nickte und sagte mit leiser Stimme: „Ja·" Das war der bis dahin schönste Augenblick in meinem Leben·

Der Regen hatte nachgelassen, und wir halfen uns gegenseitig auf, machten uns so gut, wie es ging, sauber· Kai kam ganz nah auf mich zu, streichelte mir über die Arme bis zu meinen Händen und hielt sie beide fest·

Dann kam er noch ein Stück näher, wir schauten uns an, dann gab er mir den ersten Kuss, und jetzt war ich verliebt, und das war wirklich der schönste Augenblick meines Lebens·

Die ersten Sonnenstrahlen suchten ihren Weg durch den dicht gewachsenen Wald· Kai triefte vor Nässe, und lauter Blätter hingen an seiner Kleidung· Ich sah bestimmt nicht besser aus,

musste aber dennoch lachen· Kai konnte
ebenfalls nicht mehr ernst bleiben·

„Lass uns nach Hause gehen, dann können wir
uns duschen und frische Sachen anziehen·"

Wir gingen Hände haltend aus dem Wald in
Richtung See· Kai begleitete mich nach Hause,
und vor unserem Tor zog er mich noch einmal
an sich, gab mir einen sanften Kuss: „Sehen wir
uns nachher noch?"

Ich lächelte ihn an, nickte, ging durch das Tor
rein und schaute ihm noch hinterher· Ich hörte,
wie Kai noch ein paar Mal „Yes, yes!! JA!!"
rief· Ich schmunzelte und dachte genauso, in
diesem Augenblick war ich das glücklichste
Mädchen auf dieser Welt·

Was ich nicht wissen konnte, war, dass das
Schicksal noch ganz andere Pläne mit mir
vorhatte·

Nachdem ich geduscht und mich umgezogen
hatte, ging, nein, schwebte ich ins
Wohnzimmer· Auf der großen Steinplatte fiel
mir das Kästchen mit der Wunsch-Minta ins
Auge· Ich packte es ein und dachte, es

mitzunehmen und Kai alles zu erzählen, dass
unsere Liebe der richtige Anfang wäre.
Ich freute mich so sehr darauf, ihn bald
wiederzusehen, und darüber, dass ich nicht dazu
in der Lage war, mich auf irgendetwas zu
konzentrieren.

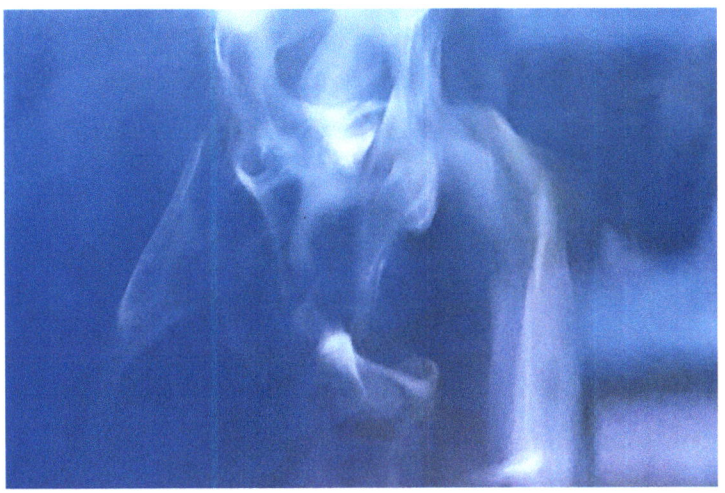

Das Einzige, womit ich mich jetzt ablenken
konnte, war mein Hobby, nämlich Tiere
beobachten und filmen. Da ich noch viel Zeit
hatte, überlegte ich nicht lange, holte meine
Kamera, packte alles zusammen, was ich
brauchte, und machte mich auf den Weg. Es

waren nur noch vereinzelte Wolken am Himmel,
und so würde ich hoffentlich trocken bleiben·
Erst blieb ich auf dem Weg, aber da ich hier
nichts Aufregendes sehen würde, vergaß ich
mein Vorhaben, um nicht noch einmal dreckig
zu werden·

Ich beschloss, über einen kleinen Pfad tiefer in
den Wald zu gehen· Es dauerte nicht lange, da
entdeckte ich nicht weit von mir eine Katze in
gebückter Haltung, die zu einem Sprung
ansetzte· Jetzt bloß leise sein, dachte ich·
Ich ging in die Hocke und filmte, wie die Katze
die Maus fing und dann mit ihr in der Schnauze
in der Tiefe des Waldes verschwand· Ich stand
auf und ging langsam den Weg weiter, noch
tiefer in den Wald· Inzwischen veränderte sich
das Wetter, es wurde windiger und dunkler,
und ich fasste den Entschluss umzukehren, als
ich auf einmal aus dem Wald einen
fürchterlichen Schrei eines Tieres hörte· Er
klang so verzweifelt und grausam, dass ich eine
Gänsehaut bekam· Ich ging in die Richtung, aus
der ich den Schrei zu hören glaubte, was mich

quer durch den Wald führte. Es wurde immer dunkler, es war totenstill, und mein Körper schmerzte, weil ich mich so sehr anspannte, und wieder hörte ich diesen Schrei. Dieses Mal viel lauter und verzweifelter, dass es mir eiskalt den Rücken herunterlief und mein Herz heftig gegen meine Brust hämmerte.

Nun begann es auch noch zu regnen. Da sah ich vor mir plötzlich einen hohen Maschendrahtzaun, abermals hörte ich den Schrei, dieses Mal so laut, dass ich mir sicher war, dass ich bereits auf dem richtigen Weg war.

Ich sah den Zaun entlang – nichts. Dann in die andere Richtung. Da bewegte sich etwas. Als ich den Punkt fixierte, erkannte ich einen kleinen Fuchs, der sich mit der Hinterpfote in einem Zaun verfangen hatte, nun festhing und versuchte, sich durch Ziehen und Zerren zu befreien. Ich wollte ihm helfen, doch dafür musste ich auf die andere Seite kommen. Plötzlich erhellte sich der Wald, es zischte, und ich sah, wie nicht weit von mir ein Blitz in

einen Baum einschlug und diesen zu Fall
brachte· Dabei stürzte er auf den Zaun und
drückte ihn zu Boden· Das war meine Chance,
auf die andere Seite zu kommen· Ich lief zum
Baum, legte meine Kamera unter ihn, damit
meine Hände frei waren, kletterte auf den
Baum und rutschte über diesen auf die andere
Seite, um dort wieder hinunterzuklettern·
Langsam ging ich auf den Fuchs zu· Es wurde
windiger, und der Wind schlug mir den Regen
ins Gesicht, der sich wie feine Nadelstiche
anfühlte· Nur noch ein paar Schritte war ich
vom Fuchs entfernt, dem ich mich in gebückter
Haltung näherte, während ich leise mit ihm
sprach· Er fing an zu fauchen und wich zurück·
Beherzt machte ich einen Satz nach vorne,
packte den Fuchs und drückte ihn sanft zu
Boden· Das Tier versuchte, mich zu beißen,
doch ich hatte Glück und konnte die Schlinge,
die um seine rechte hintere Pfote war, schnell
lösen, sodass er wieder freikam·
Als er es bemerkte, rannte er, so schnell es
ging, von mir weg· Ich setzte mich auf den

Boden, und mein Körper sackte in dem Moment in sich zusammen. Die ganze Anspannung fiel von mir ab, und vor lauter Erleichterung musste ich weinen.

Nachdem eine ganze Weile vergangen war, stand ich auf, um nach Hause zu gehen. Ich ging zu dem umgefallenen Baum zurück und wollte über ihn klettern, um auf die andere Seite zu kommen, doch aus irgendeinem Grund war es mir nicht möglich. Auch an einer anderen Stelle kam ich nicht mehr auf den Baum, egal, wo und wie oft ich es versuchte. Schließlich gab ich auf und suchte nach einer anderen Möglichkeit, auf die andere Seite des Zauns zu gelangen. Durch den inzwischen starken Regen und die schlechte Sicht verlor ich irgendwann die Orientierung und spürte die Gefahr nicht, in der ich mich befand. Ich lief auf einen Abhang zu, und als ich es bemerkte, war es schon zu spät. Ich rutschte aus, verlor mein Gleichgewicht und stürzte den Abhang hinunter. Hastig versuchte ich, alles Greifbare zu packen, um mich festzuhalten. Dabei griff ich nach einer Wurzel, die aus dem Berg herausgewachsen war, und fand daran Halt. Geröll, Schlamm und Steine rutschten mir hinterher und schlugen mir ins Gesicht.

Ich hatte Todesangst, ich schrie um Hilfe, und das immer wieder. Da spürte ich, wie meine Kräfte zu Ende gingen, und stürzte den Bergabhang hinunter.

Blutend und ohne Bewusstsein lag ich im Sumpf der Tränen.

Der Tag neigte sich dem Ende zu, der Regen hatte nachgelassen, und mein Leben hing am seidenen Faden. Noch immer kamen Geröll, Schlamm und Steine von oben vom Berg herunter und versuchten, mich in die Tiefe zu ziehen.

Eine große Nebelwand kam und legte sich wie eine große weiße Wolldecke über das gesamte Sumpfgebiet, als plötzlich aus der Tiefe des Sumpfes kleine Wesen kamen und mich in allerletzter Sekunde herauszogen. Die kleinen

Wesen trugen mich noch tiefer ins Sumpfgebiet hinein, bis sie an einer Stelle des Sumpfes ankamen, an der nur die Spitze eines alten Baumes aus der Tiefe herausragte.

Dort blieben sie mit mir stehen.

Als aus der Tiefe des Sumpfes ein großer hölzerner Arm hervorkam, öffnete sich an dessen Ende eine hölzerne Hand, und die kleinen Wesen legten mich auf sie.

Dann kam aus der Tiefe des Sumpfes ein zweiter hölzerner Arm hervor, der an seinem Ende ebenfalls eine hölzerne Hand hatte. Die Hand legte sich vorsichtig und schützend über die erste hölzerne Hand, auf der ich mich befand.

Die beiden hölzernen Hände verschwanden mit mir in der Tiefe des Sumpfes.

Drei Tage und zwei Nächte später, es war schon spät am Nachmittag des dritten Tages, und die Sonnenstrahlen drangen nur noch vereinzelt durch den dicht bewachsenen Wald, suchte mein Vater, wie er mir später erzählte, von Sorge getrieben, ohne Rast und Ruhe nach

mir· Er wollte alleine suchen und winkte einen
Suchtrupp an sich vorbei·
Als mein Vater allein war, schaute er sich um
und setzte sich auf einen alten Baumstumpf·
Sein Körper war vor lauter Sorge gekrümmt,
die Muskeln schmerzten, und seine Augen waren
gerötet· Dann sagte er leise: „Ich werde dich
finden, mein kleiner Engel, und ich werde dich
wieder in meine Arme schließen·"
Dabei liefen ihm Tränen die Wange hinunter, als
er gerade mit seinem Ärmel die Tränen von
seinem Gesicht wischen wollte, sah er nicht
weit von sich entfernt auf einer Lichtung einen
großen Baum, der vom Blitz getroffen
abgeknickt auf dem Boden lag· Unter ihm war
ein zerstörter Maschendrahtzaun·
Er sah sich den Baum der Länge nach an und
sah unter dem Baum etwas schwach blinken· Er
ging dorthin und drückte mit all seiner Kraft
gegen den Baumstamm, sodass er ihn ein Stück
zur Seite rückte· Er erschrak, und sein Herz
fing an zu rasen, als er erkannte, dass dieser
blinkende Gegenstand meine Kamera war·

Er hob die Kamera vorsichtig auf, setzte sich dabei auf dem Baumstamm und schaute sie sich in Ruhe an. „Vielleicht funktioniert sie noch", dachte er, und seine Hand zitterte, als er den Knopf der Kamera drückte. Zuerst sah er sich die letzten Aufnahmen an. Man sah die jagende Katze, und danach hörte man einen fürchterlichen Schrei aus der Tiefe des Waldes. Ich war damit wohl so sehr beschäftigt, dass ich vergaß, die Kamera auszuschalten. Es waren zwar wacklige Bilder zu sehen, aber sie führten bis zu diesem Baum. Dann sah man den kleinen Fuchs, der in dem Maschendrahtzaun gefangen war und um sein Leben kämpfte.

Mein Vater ging noch einmal gedanklich den Weg, den ich gegangen war, ab, er legte die Kamera beiseite und ging dann ebenfalls über den Baum bis auf die andere Seite des Zauns. Er war genau an dieser Stelle, an der ich mich aufgehalten hatte, um dem Fuchs zu helfen. Dann kniete er genau an der gleichen Stelle, schaute zum Himmel hoch und sagte ganz leise: „Bitte, bitte gib mir mein Kind wieder."

Fast zur gleichen Zeit, nur ein paar Meter weiter tief im Sumpf, wo ein Raumschiff abgestürzt war, um sich zu heilen und um sich zu tarnen, hat es die Form eines alten Baumes angenommen· Genau dort lag ich, geschützt von den zwei hölzernen Händen, um mich zu heilen· Die Heilung war erfolgreich, als sich die obere hölzerne Hand öffnete·

Als ich aufwachte, war ich noch ein wenig benommen, setzte mich hin, schaute mich langsam um· „Wo bin ich hier?", fragte ich leise· Ich hatte Angst, und ich wollte nur noch nach Hause·

Dann plötzlich traute ich meinen Augen nicht, als ich bemerkte, dass ein kleines hölzernes Wesen an der hölzernen Hand die Finger hochkletterte· Ich hatte Angst und wollte schreien, dabei versuchte ich aufzustehen und abzuhauen, doch mein Körper war noch zu schwach· Das kleine hölzerne Wesen, das nicht größer war als mein Fuß, kam auf mich zu und setzte sich in der Höhe meiner Knie zu mir· Es schaute mich an und sagte mit seiner rauen und tiefen Stimme irgendwie beruhigend. „Hallo, ich heiße Kaelz."

„I-ich weiß nicht, wie ich heiße."

„Ist nicht so schlimm", meinte Kaelz. „Deine Erinnerung wird schon zurückkommen. Wenn du dich stark genug fühlst, dann werde ich dir erzählen, wo du bist und wie du hierhergekommen bist."

Ich nickte zögernd, was blieb mir auch anderes übrig? Das genügte Kaelz, um weiterzureden.

„Du bist hier unter Freunden, und ich gebe dir mein Ehrenwort, dass dir nichts passieren wird. Wie du sicher gemerkt hast, sind wir keine Menschen, sondern wir kommen aus dem Weltall. Man nennt uns Formwandler."

Ich sah das kleine hölzerne Wesen zum ersten Mal richtig von oben bis unten an. Es sah so aus, als würde das kleine Männchen aus Wurzeln bestehen, sogar die Haare sahen so aus. Ich holte tief Luft und merkte dabei, dass ich die ganze Zeit auf meinen Lippen gekaut hatte. Kaelz erzählte weiter.

„Du bist hier in einem Raumschiff, das die
Form eines alten Baumes angenommen hat und
tief im Sumpf steckt, um nicht von den
Menschen entdeckt zu werden."
„Wie bin ich denn hierhergekommen?"
„Nicht weit von hier ist ein großes Waldgebiet,
und von dem Wald aus kamst du über einen
Berg und bist dann hier in den Sumpf gestürzt.
Dabei hast du dich schwer verletzt, und der
Sumpf war gerade dabei, dich in die Tiefe zu
ziehen. Wir kamen gerade noch rechtzeitig und
zogen dich heraus. Dein Leben hing am seidenen
Faden, und wir brachten dich hierher ..."
„Einen Augenblick, das würde ja heißen, ihr
habt mein Leben gerettet." Kaelz nickte.
„Dafür danke ich euch sehr. Da ich nun weiß,
dass ihr mein Leben gerettet habt, fühle ich
mich gleich sicherer. Erzähle bitte weiter, ich
bin neugierig, wie es weitergeht."
„Man nennt uns auch ‚Reisende'. Im Weltall
nimmt unser Raumschiff die Form eines
Asteroiden an, und wir reisen mit mehreren
1000 anderen Asteroiden und Kometen, um

uns unauffällig durch das ganze Universum zu bewegen·

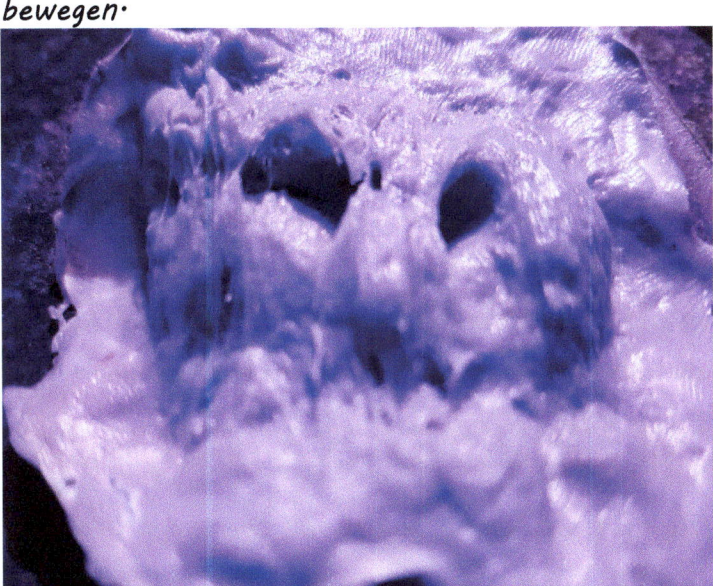

Wir leben von jeder Art von Gas, die es so
gibt, und sind in der Lage, es so umzuwandeln,
dass es uns als Nahrung und Energie dient·
Als wir durch das Weltall flogen, bekamen wir
die Nachricht, dass der Planet Londras in
höchster Gefahr war· Eine riesige graugrüne
Giftwolke war dabei, alle Lebewesen auf diesem
Planeten zu töten·"

„Moment mal!", unterbrach ich ihn und ordnete meine Gedanken· Kaelz nahm meine linke Hand in seine Hände und schaute mich fragend an· „Kommt so langsam deine Erinnerung wieder?" „Ja, das mit der Giftwolke und der Name des Planeten, das kommt mir sehr bekannt vor·"

„Gut, dann erzähle ich weiter, vielleicht hilft dir das, deine Erinnerungslücken aufzufüllen", sagte Kaelz eifrig, und ich nickte zur Bestätigung·

„Wir mussten also so schnell wie möglich nach Londras fliegen, deshalb veränderten wir unsere Form in ein Kampfraumschiff, weil wir nur so in Lichtgeschwindigkeit fliegen können·

Als wir am Ziel angelangt waren, lag ein Bild des Schreckens vor uns· Überall, wo wir hinsahen, war der Tod zu sehen·

Wir machten uns sofort an die Arbeit und wandelten das Gas der Giftwolke in Energie um· Bei diesem Vorgang lernten wir die Zusammensetzung des Gases kennen, und wir waren sprachlos und ratlos: Es waren

Ausscheidungen einer Bakterienart. Wie waren sie dort hingekommen? Nun, es gibt einen Planeten, den wir den ‚Blauen Eisplaneten' nennen. Er liegt weit außerhalb unseres Sonnensystems. Dort leben diese Bakterien im Eis. Wie sie hierhergekommen waren, wussten wir zu dem Zeitpunkt noch nicht. Doch das sollten wir auf eine schmerzhafte Art und Weise erfahren.

Wir wurden plötzlich angegriffen, aus dem
Nichts· Von den bösartigsten Kreaturen, mit
denen wir es je zu tun gehabt haben: den
Schellogs· Sie waren getarnt und kamen aus
einem Hinterhalt· Da wir ohne Schutz waren,
konnten sie uns mit einer Laserplasma-
Stoßwellenkanone so schwer beschädigen, dass

wir es mit all unserer Notenergie gerade noch schafften zu fliehen.

Die Schellogs kennen kein Mitleid und Erbarmen. Hätten sie noch einen einzigen Treffer gelandet, hätten wir nicht überlebt.

Wir schafften es noch, die Form eines Asteroiden anzunehmen, um anschließend mit Kometen und anderen Asteroiden mitzufliegen und uns so zu verstecken. In diesem Versteck konnten wir mit unserer Heilung beginnen.

Dafür musst du wissen, dass wir uns selbst und auch unser Raumschiff durch unsere Energie selbst heilen können, weil wir miteinander verbunden sind. Das kann allerdings sehr lange dauern, je nachdem, wie stark die Verletzung bzw. Zerstörung ist.

Als wir schon mehr als zwei Tage in diesem Heilungsprozess waren und dieser bald beendet sein sollte, meldeten unsere Langstreckensensoren, dass ein Raumschiff auf uns zukam.

Wir kannten es: Es war Gorgan, einer der Bewohner Londras ..."

„Stopp bitte!", unterbrach ich Kaelz und fuhr mir mit der linken Hand durch mein Haar·
„Gorgan ...·ich kenne diesen Namen· Ich glaube ...·ja, ich habe ihn bereits kennengelernt· Meine Erinnerung kommt langsam wieder", stellte ich begeistert fest und wippte aufgeregt hin und her·
„Und jetzt weiß ich auch wieder, wer ich bin: Ich heiße Maria!", schrie ich beinahe Kaelz entgegen·
„Ich freue mich, dich kennenzulernen, Maria", strahlte mich Kaelz an· „Es freut mich, dass dein Gedächtnis wiederkommt·"
Nachdem sich meine Freude darüber etwas gelegt hatte, bat ich Kaelz darum weiterzuerzählen·
„Wir wussten, warum Gorgan mit seinem Raumschiff so weit hier draußen war· Er und sein Bruder waren auf der Suche nach einem neuen Planeten, auf dem sie leben konnten· Also verwandelten wir uns wieder und nahmen die Form eines Raumschiffes an· Dann flogen wir aus dem Asteroidenfeld heraus, um Gorgan

abzufangen, und zeigten ihm ihr neues Zuhause·
Nachdem das geschafft war, flogen wir wieder
in das Asteroidenfeld zurück, um uns auf die
Suche nach den Schellogs vorzubereiten· Wir
hatten nämlich inzwischen herausgefunden, dass
sie für den Giftgas-Anschlag auf Londras
verantwortlich gewesen waren·"

„Woher wusstet ihr das denn?"

„Wo wir hinfliegen und mit wem wir es zu tun
haben, wird bei uns gespeichert· Schon die
kleinsten Rückstände von Spurenelementen oder
irgendwelchen Molekülen reichen aus, um genau
bestimmen zu können, wo wir sind und mit
wem wir es zu tun haben·

Die Rückstände an dem Raumschiff der
Schellogs, an die wir gelangten, als sie uns
gerammt hatten, waren vom ‚Blauen
Eisplaneten'·

Die Schellogs waren wohl zu diesem Planeten
geflogen, hatten große Eisbrocken
herausgeschnitten, waren anschließend nach
Londras geflogen und hatten dort das Eis
geschmolzen· Dabei starben die Bakterien und

stießen im Todeskampf die Giftwolke heraus.
Die sterbenden Bakterien opfern sich, um den
Angreifer zu töten und die noch lebenden
Bakterien zu schützen."
„Oh mein Gott! Das ist ja das Grausamste, was
ich je gehört habe", entfuhr es mir.
„Ja, Maria, das Weltall ist dunkel, kalt und
grausam. Aber es gibt auch viele schöne Dinge,
von denen du vielleicht einige wirst
kennenlernen können, wie ich hoffe. Doch ich
bin noch nicht fertig.

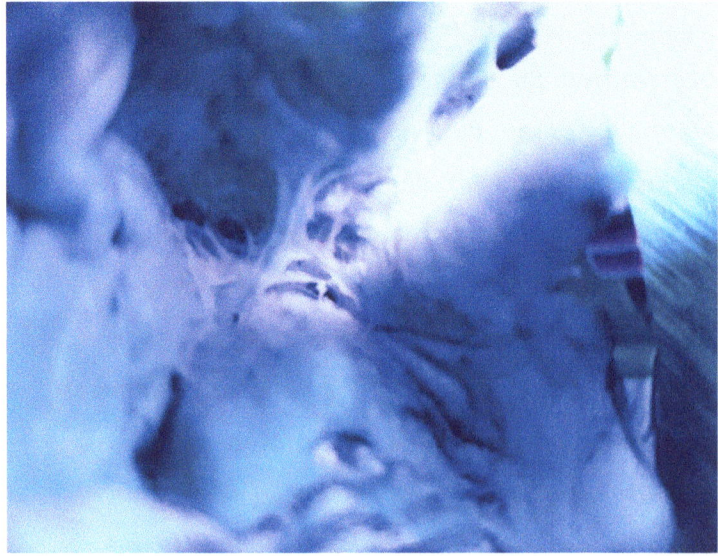

Nachdem einige Tage vergangen waren, meldeten unsere Sensoren, dass das Raumschiff der Schellogs in unmittelbarer Nähe war. Als die Schellogs uns bemerkten, war es für sie bereits zu spät, um zu fliehen. Schnell flogen wir an sie heran und schlossen ein Energiefeld um ihr Raumschiff, um sie so dort festzuhalten ...“

„Habt ihr sie etwa getötet?“, rief ich entsetzt.

„Nein, wir sind keine Richter oder gar Henker. Unsere Aufgabe ist es, sie gefangen zu nehmen und mitzunehmen.“

„Und wohin?“

„Es gibt zwei Wüstenplaneten, die recht nahe beieinanderliegen. Auf diese zwei Planeten werden alle Verurteilten geschickt, die eine oder mehrere schwere Straftaten begangen haben. Von dort gibt es kein Entkommen, denn auf den Planeten leben sehr gefährliche Tierarten, die das Gefangenenlager quasi bewachen. Dazu gehört eine Wüstenschlangenart, die tief im Wüstensand lebt. Man kennt sie unter dem Namen ‚Konax‘.

Sobald jemand über den Wüstensand läuft, kommt diese Schlange von unten durch den Sand nach oben geschossen und sticht mit ihrem Stachel demjenigen in den Fuß oder ein anderes Körperteil· Im Bruchteil von wenigen Sekunden saugt die Schlange alle Körperflüssigkeit aus dem Körper, das Lebewesen zerfällt zu Staub, und die Konax verschwindet wieder in die Tiefe der Wüste·"

Ich hielt meine Hände vor das Gesicht, war schockiert und sprachlos· Kaelz hörte sofort auf zu erzählen und rückte etwas näher an mich heran·

„Soll ich aufhören zu erzählen?"

Ich ließ meine Hände fallen und schaute ihn an·

„Nein, auch wenn sich alles schrecklich für mich anhört, ich möchte wissen, was passiert ist·"

Kaelz schaute mich zwar immer noch unsicher an, erzählte jedoch weiter·

„Die Flucht ist auch nicht durchs Fliegen oder Beamen möglich· Wer dennoch versucht, durch die Luft zu entfliehen, der wird von einem unsichtbaren Energiefeld aufgehalten· Wer es berührt, wird sofort getötet· Doch die meisten werden, bevor sie das Energiefeld erreichen, von einer Tierart getötet, die wir Monkons nennen· Monkons sehen aus wie Spinnen, aber jedes einzelne Tier ist aus mehreren Tieren zusammengesetzt, d· h· Monkons treten entweder als ein großes Tier in Erscheinung oder zerfallen in viele kleine Tiere, was sie so gefährlich macht·"

„Jetzt verstehe ich gar nichts mehr·"

„Warte, ich kann es dir zeigen, aber erschrick nicht!"

Gespannt wartete ich darauf, was wohl passieren würde· Ich beobachtete Kaelz ganz genau· Er stand auf, und gleichzeitig begann sein ganzer Körper auseinanderzufallen· Dann sah ich, wie einzelne seiner Körperteile zu Tieren wurden· Anschließend setzten sich diese Tiere zu einer spinnenartigen Kreatur zusammen· Obwohl ich wusste, dass es Kaelz war, wäre ich am liebsten schreiend weggelaufen· Doch dann krabbelte diese eklige Spinne über meinen Oberschenkel auf den

anderen Oberschenkel und dann wieder zurück·
In dem Moment verwandelte sich das Ungetüm
wieder in Kaelz, und ich war froh, dass ich
meinen kleinen wurzeligen Freund zurückhatte,
der mich nun ansah und dann weitererzählte·

„Sie leben in einer Art Spinnennetz, und wenn
ein Gefangener auf der Flucht dort hineinfliegt,
dann dauert es in der Regel nur ein paar
Minuten, bis er sich nicht mehr bewegen kann·
Aber er ist zu dem Zeitpunkt nicht tot· Wie
es anschließend weitergeht, kann ich dir leider
nicht genau sagen, weil es darüber keine
Aufzeichnungen gibt·
Aber jetzt zurück zu den Schellogs· Nachdem
wir ihr Raumschiff in unserem Energiefeld
gefangen genommen hatten, waren sie nicht
mehr in der Lage, auf uns zu schießen, und
fliehen konnten sie ebenfalls nicht·
Doch womit wir nicht gerechnet hatten, war,
dass die Schellogs noch in der Lage waren, Hilfe
anzufordern· Einen kurzen Augenblick später
stand das riesige Mutterschiff der Schellogs vor

uns. Wir wussten, dass es zum Krieg kommen und es um Leben und Tod gehen würde. Da wir ein Energiefeld um das kleine Raumschiff erschaffen hatten, waren unsere Energiereserven erschöpft, was unsere Chance, aus diesem Kampf möglichst unbeschadet herauszukommen, sehr verringerte.

Selbst unsere Spezialwaffe, die Energiebälle, konnte uns hierbei nicht mehr helfen."

„Was sind denn diese Energiebälle für eine Waffe?"

„Die Energiebälle springen auf das gegnerische Raumschiff und rollen so schnell, dass man es mit dem bloßen Auge nicht erkennen kann, mehrmals über das komplette Raumschiff. Dabei entziehen diese Bälle ihm Energie, die dann an unser Schiff gegeben wird, sobald die Bälle wieder auf unser Raumschiff springen.

Doch die Zeit reichte nicht aus, um unser Schiff wieder aufzuladen. Die Energie genügte lediglich, um unser eigenes Raumschiff mit einem Energiefeld zu umgeben, um es so zu schützen. Wir waren also zu schwach, um den

Angriffen der Schellogs etwas entgegenzusetzen.
Deshalb wurden wir gezwungen, aufs Ganze zu
gehen. Wir schickten all unsere restliche Energie
in die vorderen Schilde, rammten das große
Mutterschiff der Schellogs, das dann tatsächlich
in zwei Hälften zerbrach. Dieser Kampf war
gewonnen, doch für uns war die Gefahr noch
nicht gebannt, weil sämtliche Energiereserven
verbraucht waren.
Zum Glück war die Erde nicht weit entfernt.
Als wir sie erreichten, war unser Raumschiff so
schwer beschädigt, dass wir der
Erdanziehungskraft nicht mehr standhalten
konnten. Unser Raumschiff zerbrach in drei
Teile, und so stürzten wir hier in den Sumpf.
Wir sanken bis auf den Grund, konnten aber das
Sumpfgas in Energie umwandeln, die wir
brauchten, um eine schützende Energieblase um
die drei Teile zu erschaffen, sodass wir mit der
Heilung beginnen konnten. Doch wir wussten,
dass wir uns beeilen mussten."
„Warum denn das? Ihr hattet die Schellogs
doch besiegt."

„Ja, das Mutterschiff, aber das andere Raumschiff ist noch in unserem Energiefeld gefangen und unversehrt· In wenigen Tagen bricht es auseinander, und die Schellogs werden frei sein· Sie werden unsere Spur verfolgen und den Weg zur Erde finden· Sie werden Vergeltung für ihr Mutterschiff fordern und dafür die Erde zerstören, nur um uns zu schaden· Das können wir nicht zulassen!"

Nur ganz langsam wurde mir bewusst, was Kaelz' Erzählung bedeutete·

„Moment, das bedeutet ja, dass alle Menschen jetzt in Gefahr sind und nichts davon wissen!", rief ich entsetzt· Kaelz nickte und machte dabei ein trauriges Gesicht·

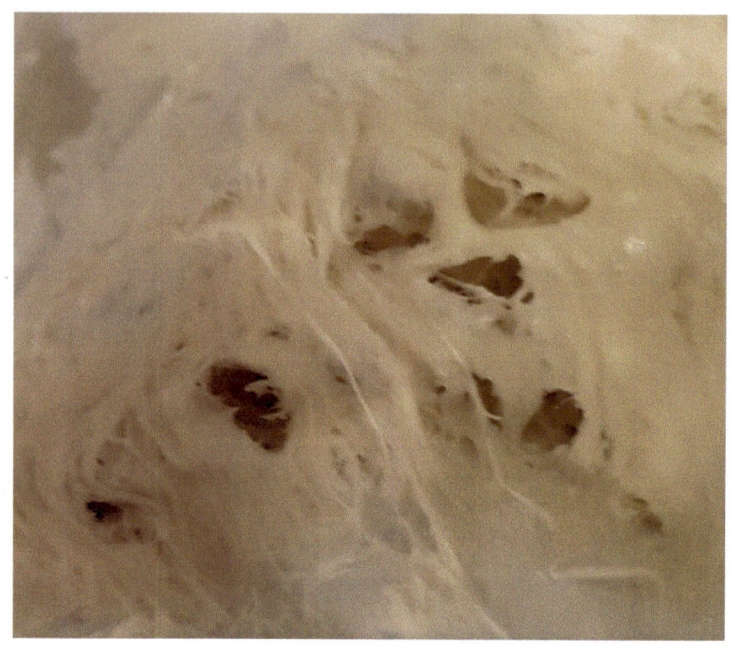

„Was können wir denn dagegen tun? Wir können doch nicht nur hier herumsitzen und warten!" Meine Stimme klang ganz schrill, so aufgeregt war ich· Kaelz sah mich nur hilflos an, dann sprach er mit leiser Stimme weiter· „Wir haben unsere Heilphase unterbrochen und all unsere Kraft eingesetzt, um dich zu heilen· Jetzt schaffen wir es nicht mehr, rechtzeitig zurück ins All zu kommen, um das Energiefeld zu erneuern und die Schellogs weiterhin festzuhalten·"

Ich würde also am Unglück der Menschen schuld sein·

Mein Körper sackte traurig in sich zusammen·

Ich fühlte mich so kraftlos·

Auf einmal hörte ich ein lautes Stimmengewirr· Als ich in die Richtung schaute, aus der der Lärm kam, sah ich noch mehr wurzelartige Wesen, die auf uns zukamen· Dann löste sich eines dieser kleinen Männchen aus der Gruppe und kletterte zu uns auf die hölzerne Hand· Es hielt in seinen wurzelartigen Händen ein Kästchen, mit dem es auf meinen Schoß kletterte und es mir überreichte·

„Das habe ich gefunden· Es lag nicht weit von dir im Sumpf", sagte das Wesen zu mir·

Ich nahm das Kästchen, betrachtete es eine längere Zeit und musste dann weinen· „Warum weinst du?", fragte mich das kleine, wurzelige Wesen·

„Ich kann mich wieder an alles erinnern, und das macht mich glücklich·"

Während ich das sagte, öffnete ich das Kästchen und sah dann die Wunsch-Minta darin liegen·

Weil mich die kleinen Wesen mit großen Augen anstarrten, erklärte ich ihnen, was ich dort in meinen Händen hielt·

„... und jetzt ist noch ein Wunsch übrig", schloss ich meine Erklärung ab, „und diesen letzten Wunsch möchte ich euch als Dank schenken, weil ihr mich gerettet habt·"

Mit diesen Worten gab ich das Kästchen Kaelz in seine kleinen Hände· „Das ist das wertvollste Geschenk, das man jemandem geben kann", sagte er und lächelte mich mit Tränen in den Augen an· „Mit diesem Geschenk werden wir es schaffen, die Schellogs zu besiegen·"

„Aber vorher möchte ich bitte noch nach Hause", flehte ich meine neuen Freunde an, die zu lachen begannen·

„Lege dich einfach wieder hin, und die hölzernen Hände bringen dich wieder in den Wald zurück· Dort sitzt dein Vater in einer

Lichtung auf einem alten Baumstamm und wartet auf dich."

Mit einem freudigen Lächeln im Gesicht legte ich mich hin, dann legte sich die obere Hand ganz vorsichtig von oben wieder auf mich. Die Hände trugen mich aus dem Sumpfgebiet in den Wald hinein und setzten mich kurz vor der Lichtung ab.

Es öffnete sich die obere Hand, und ich ging auf die Lichtung zu. Es war Vollmond in dieser Nacht, ich war nur noch wenige Meter von meinem Vater entfernt. Ich schrie: „Papa, Papa, ich bin hier."

Mein Vater hörte die Schreie, er stand auf, und dann sah er mich auf ihn zu rennen und schrie: „Maria, Maria!" Ich sprang ihm in seine Arme.

Wir beide weinten vor Glück, dann schaute er zum Himmel hoch und sagte ganz leise: „Danke."

Tränen im Sumpf, Teil 2

Hallo, ich bin es, eure Maria, und ich begrüße euch in meinem zweiten Abenteuer· Es sind jetzt unglaubliche vierzehn Jahre vergangen, und ich bin glücklich mit meiner großen Liebe Kai verheiratet· Wir haben zwei Kinder, die beide elf Jahre alt sind, unsere Tochter Samynija und unseren Sohn Till· Mein Mann und ich wollten unbedingt als Andenken an Gorgans Bruder Till und seine Tochter Samynija die Namen an unsere Kinder weitergeben· Es sind Zwillinge, und Samynija kam drei Minuten vor Till auf die Welt· Die beiden sind unzertrennlich, lieben sich und streiten sich wie die meisten Kinder, aber wenn es darauf ankommt, halten sie zusammen· Heute ist der Tag gekommen, an dem Kai und ich euch erzählen, was wir erlebt haben, als wir uns kennenlernten·

Der Herbst zieht gerade ins Land ein, und es ist draußen schon dunkel· Wir sitzen gemütlich im Wohnzimmer vor dem Kamin, in dem das

Feuer langsam vor sich hin lodert und das Holz leise knistert. Auf dem Boden neben dem Kamin liegt ein großer weißer Wollteppich, auf dem Kai und ich sitzen.

„Kinder", rufe ich sie, „kommt ihr beide und setzt euch zu uns? Papa und ich müssen mit euch reden."

Die Kinder kommen ohne weitere Aufforderung und setzen sich zu uns, Samynija auf Kais Schoß und Till auf meinen.

„Die Geschichte, die wir euch jetzt erzählen, ist eine wahre Geschichte, die unsere Familie betrifft."

Unsere Kinder schauen sich gegenseitig erstaunt an und zucken mit den Schultern.

„Es geschah etwa vor vierzehn Jahren, ich war sechzehn und lebte noch zu Hause bei eurer Oma und eurem Opa Stahlmann. Nicht weit von ihrem Haus entfernt liegt ein See. Ihr kennt ihn doch, oder?"

Ich schaue die Kinder an, und beide nicken.

„Ich saß auf meiner Lieblingsbank ..." Und von hier ab erzähle ich den Kindern die Geschichte meines Lebens.

„Du hast ein echtes Raumschiff gesehen?", unterbrechen mich die Kinder, die mich fast zur gleichen Zeit mit großen Augen anschauen. Ich nicke. „Ja, ich habe ein echtes Raumschiff gesehen. Es hatte die Form einer riesig großen Kristallkugel." Ich fahre mit der Geschichte fort, als meine Tochter mich ansieht und fragt: „War der Ring so etwas wie eine Art Schlüssel?" „Ja, Samynija, ganz genau so, und im selben Augenblick zeigte sich das riesengroße getarnte Raumschiff in Form einer riesigen Kristallkugel.

Gut, Kinder, seid ihr bereit, dass ich weitererzähle?", möchte ich wissen. Sie schauen mich an und nicken. Jetzt schaut mein Sohn mich mit großen Augen an, ich mache mit der Geschichte eine kurze Pause, und dann sagt er: „Was ist denn eine Wunsch-Minta?"

„Das ist eine Art Zauberflöte· Gorgan erklärte
mir, dass die Wunsch-Minta mir drei Wünsche
erfüllen würde, wenn ich darauf spielte·"
„Und das hat wirklich geklappt?", fragt Till·
Ich drehe mich zu ihm, schaue ihn an und
lächle·
„Warte doch ab", flüstere ich ihm zu und fange
an, die Geschichte weiterzuerzählen· Dann
komme ich mit der Geschichte an die Stelle, als
mein Mann mir den ersten Kuss gab·
„Mama, wie fühlt sich das denn an?", will
meine Tochter wissen· Ich drücke meine Tochter
ganz nah an mich heran und sage: „Mein Herz
fing an, ganz schnell zu rasen, ich war
verliebt·" „Ich auch", ergänzt Papa· „Ja",
mein Schatz", fahre ich fort, dabei schaue ich
meine Tochter an· „Das ist das schönste
Gefühl, das es gibt auf der Welt· Kurze Zeit
später brachte mich Papa nach Hause, es war
früh am Nachmittag· Was meint ihr, Kinder,
wie die Leute uns angeschaut haben? Wir waren
dreckig und nass bis auf die Knochen· Papa
brachte mich bis zum Hintereingang nach Hause,

dann zog er mich an meinem Arm heran und drückte mich ganz nah an sich, und wir küssten uns noch einmal· Wir verabredeten uns erneut für den späten Nachmittag·

Nachdem ich mich hübsch gemacht hatte, blieb mir noch eine Menge Zeit, um meinem Hobby nachzugehen·

Ihr wisst ja, ich fotografiere und filme gerne· Also packte ich die Kamera ein· Ich wollte, dass es bei meiner Liebe zu Papa von Anfang an ehrlich zugeht· Deshalb beschloss ich, meinem Schatz die Wahrheit zu erzählen, und nahm die Wunsch-Minta mit·

Ich ging an dem See vorbei und durch den großen Wald· Weil ich nichts verpassen wollte, hatte ich die Kamera eingeschaltet· Zuerst war es langweilig, und deshalb beschloss ich, tiefer in den Wald zu gehen·" Ab hier erzähle ich die Geschichte weiter· Ich mache mit der Geschichte eine kurze Pause und sage: „Jetzt wird es Zeit, ins Bett zu gehen·" „Was? Neiiin, Mama, jetzt, wo es spannend wird, da willst du uns ins Bett schicken?"

Ich schmunzele, da mir klar gewesen ist, dass die Kinder noch nicht ins Bett gehen wollen· Ich beruhige sie: „Wenn ihr mir versprecht, nach der Geschichte ganz lieb zu sein und, ohne Widerworte zu geben, ins Bett zu gehen, können wir heute mal eine Ausnahme machen·" „Jaaa", kommt es von den beiden, und ich fange an, mit der Geschichte fortzufahren· Als ich gerade dabei bin, den Kindern zu erzählen, dass ich durch Regen und die schlechte Sicht die Orientierung verloren hatte und nicht bemerkte, dass ich auf einen Abhang zuging und der Weg in ein Sumpfgebiet führte, ist die Spannung kaum noch zu ertragen· Die beiden sehen mich mit großen Augen an·

„O mein Gott", sagt meine Tochter und legt ihren Arm um meinen Körper· Mein Sohn und Kai kommen näher, und ich denke für einen kurzen Augenblick, was für ein schönes Gefühl das ist, eine Familie zu haben·
Ich fahre fort: „Ich rutschte unkontrolliert weiter, nirgendwo konnte ich mich festhalten,

und dann kam der Abhang· Ich fand dann doch
an einer Baumwurzel Halt und schrie: ‚Oh mein
Gott, hilf mir, ich will noch nicht sterben·'
Steine, Geröll und Schlamm rutschten von oben
nach und schlugen mir ins Gesicht und auf die
Arme·
Ich hatte keine Kraft mehr und stürzte den
Berg hinunter ins Sumpfgebiet· Dort lag ich
blutend und ohne Bewusstsein·" Kai beugt sich
zu mir herüber und gibt mir einen Kuss·
„Kinder es ist doch alles gut gegangen· Mama
ist doch hier·" Die Kinder schauen uns an und
nicken, so, als wollten sie sagen: „Ja, Papa hat
ja recht·"
„So, o· k·", sage ich, dabei schaue ich meine
Kinder an, „jetzt geht es mit der Geschichte
weiter·" Beide nicken· Es ist spät geworden,
und ich komme an eine Stelle meiner
Geschichte, an der ich eine kurze Pause einlegen
muss· Dabei schaue ich nach unten und sage
ganz leise weiter: „Sie haben mir das Leben
gerettet·"

„Mama, die Formwandler sind richtig gute Wesen!", fühlt meine Tochter mit· „Ja, allerdings", bestätigt auch Till· Mein Mann küsst mich auf den Mund und sagt: „Die Formwandler, sie haben mir das Wertvollste und Wichtigste, was ich je besessen habe, zurückgegeben, und dafür werde ich ihnen den Rest meines Lebens dankbar sein·" „Jaaa", kommt es von unseren Kindern· „Auch wir danken den Formwandlern bis in alle Ewigkeit·" „Ich danke euch", sage ich zu meinen dreien· „Auch ihr seid für mich das Wertvollste, was ich je besessen habe·

So, jetzt aber weiter· Eines der Wesen, ich glaube, es war das kleinste, hat die Wunsch-Minta nicht weit von dort, wo ich im Sumpf lag, gefunden und mir gegeben· Die Formwandler hatten dadurch, dass sie mir das Leben retteten, sehr viel Zeit verloren· Das kleine Raumschiff von den Schellogs, das durch ein Energiefeld gefangen wurde, hielt nicht mehr länger stand· Da die Formwandler mir das Leben gerettet hatten, schenkte ich ihnen den letzten Wunsch der Wunsch-Minta. So konnten sie noch rechtzeitig zu den Schellogs kommen. Bevor sie wegflogen, brachten mich die hölzernen Hände wieder in den Wald, wo mein Vater in dieser Zeit ohne Rast und Ruh nach mir suchte. Die hölzernen Hände brachten mich endlich wieder dahin, wo mein Vater mich wieder in seine Arme schließen konnte." „Ja, eine tolle Geschichte", begeistern sich meine beiden Kinder. „Ja, das stimmt", unterbricht Kai. „Ihr beide müsst jetzt aber ins Bett, und in 15 Minuten will ich euch auch dort sehen. Habt ihr mich verstanden?" Die Kinder schauen Papa an: „Ja, Papa. Gute Nacht euch beiden."

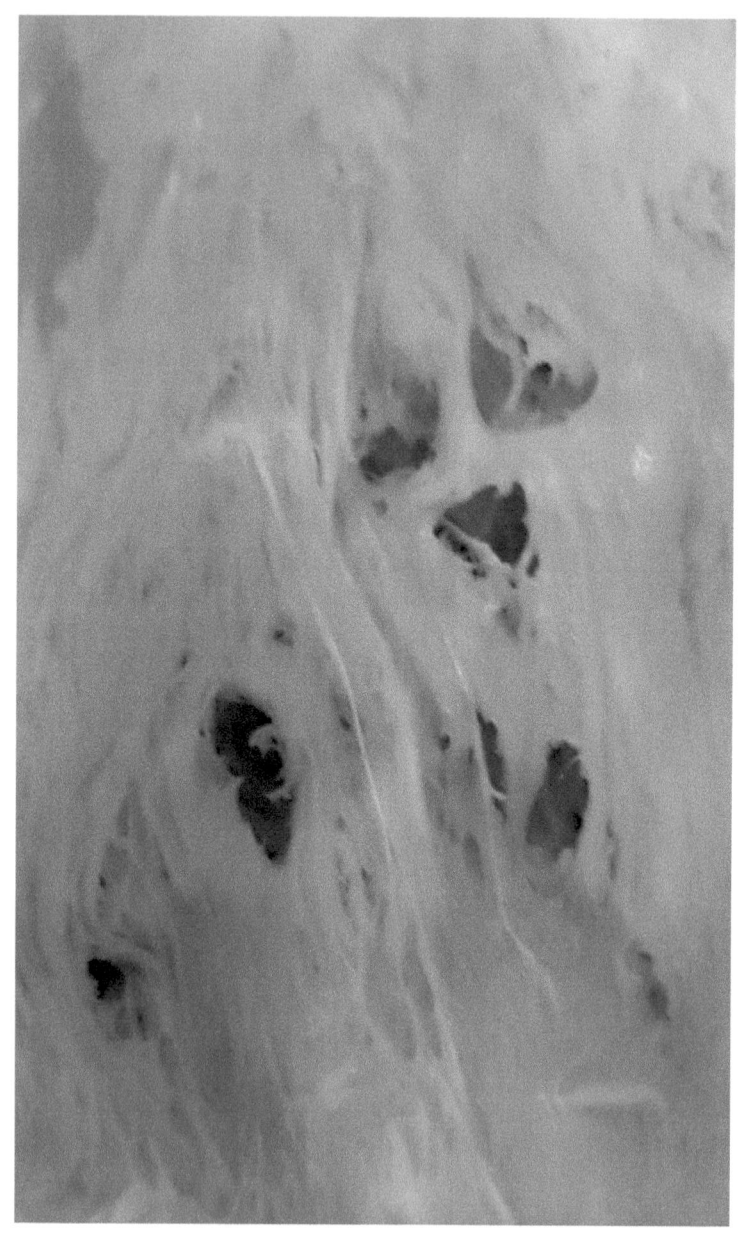

Die Kinder geben uns beiden noch einen Kuss·
„Und noch was", bemerkt Kai· „Ihr wisst, dass
das ein Geheimnis ist· Ihr dürft mit niemandem
darüber reden, o· k·?"
Die Kinder nicken· „Ist doch klar·" Als sie
gerade auf der hölzernen Wendeltreppe nach
oben gehen wollen, bleiben sie, was ich erst
später erfahre, auf der halben Strecke stehen
und hören unserem Gespräch zu·
„Jetzt gibt es noch ein Geheimnis, das ich
unbedingt noch rausfinden muss", hören sie
mich zu Kai sagen· „Du meinst die kleine
Kupferstatue, die auf dem Brunnen steht, die
einen kleinen Stab in den Händen hielt, der
jetzt seit mehr als 200 Jahren auf dem
Brunnenboden liegt·"
„Ich rede von dem kleinen Brunnen, der bei
meinen Eltern im Kleingarten steht·"
„Richtig, und das Rätsel wollen wir im Sommer
gemeinsam lösen", fügt Kai noch hinzu·
„Ja, Schatz", bestätige ich· „Nun lass uns aber
hier ein wenig aufräumen, den Kamin ausmachen
und dann ins Bett gehen· O· k·?"

Wie ich erst später erfahre, haben die Kinder
das alles mitbekommen, und Till sagt:·
„Samynija, hast du das alles gehört?" Samynija
schaut ihn an und nickt· „Willst du in den
Brunnen gehen?", fragt sie sodann· „Ja, ich
will nach dem Stab suchen", antworte Till· „Ich
will mit", sagt Samynija, aber Till will sie davon
abhalten· „Auf gar keinen Fall·" „Dann sage ich
es dem Papa!", kontert Samynija· „O· k·, o·
k·", gibt Till dann seiner Schwester klein bei·
„Lass uns morgen darüber reden·"
Sie gehen dann beide nach oben, und nach ca·
zehn Minuten ist jeder in seinem Zimmer und
liegt in seinem Bett, einen kurzen Augenblick
später schlafen sie ein·
Am nächsten Morgen, Till ist gerade wach
geworden, da klopft es an seiner Tür· „Ja,
komm rein", sagt er seiner Schwester· Sie
kommt in sein Zimmer und setzt sich auf sein
Bett·
Sie schaut ihn an· „Wann gehen wir denn in
den Brunnen?", fragt sie· „Hast du denn keine
Angst?", will Till dann wissen· „Nein", erwidert

sie. „Frauenpower." „Du bist noch keine
Frau!", stellt Till darauf fest. „Aber fast",
erwidert sie.
„Ich habe 55 % der Gene von der Mama." „So
ein Quatsch", klärt Till sie auf. „Du hast 50 %
von Papa und 50 % von der Mama, genauso
wie ich." „Aber ich habe Frauenpower",
antwortet Samynija unnachgiebig. „O. k. Ich
gebe auf, frag dich aber jetzt doch zum letzten
Mal: Willst du wirklich mitkommen?" „Ja",
Samynija bleibt konsequent. „O. k., dann ist es
also beschlossene Sache, morgen früh ist
Sonntag, da haben Mama und Papa ja wieder
die Reitstunde, das ist die Gelegenheit, um in
den Brunnen zu gehen, o. k.?"
Samynija nickt. „Du hörst aber auf, mir
Widerworte zu geben." „Abgemacht", erwidert
Till, und beide geben sich die Hände.
Till plant schon: „Pass auf, wir ziehen uns
jetzt an, gehen dann nach unten, essen etwas,
dann schnappen wir unsere Fahrräder und fahren
zu Oma und Opa. Und ich nehme noch eine
lange Schnur mit und eine Taschenlampe, und

wir schauen, wie tief der Brunnen ist, o. k.?"
„Das ist gut", erwidert Samynija bestätigend.
„Also bis gleich."
Nachdem sie etwas gegessen haben, holen sie
ihre Fahrräder und fahren zu Oma und Opa.
Weil sie nicht gesehen werden wollen, gehen sie
hintenherum in den Kleingarten. Dort stellen
sie ihre Fahrräder zur Seite und gehen dann zu
dem kleinen Brunnen. Sie holen die Schnur raus,
nehmen dann einen kleinen Stein und befestigen
ihn an der Schnur.
Als der Stein befestigt ist, lassen sie ihn mit
der Schnur langsam in den Brunnen hinunter.
Samynija macht die Taschenlampe an und
leuchtet in den Brunnen. „Schau mal", sagt sie,
als sie in den Brunnen leuchtet. „Da sind ja
Steintreppen, die in den Brunnen führen, die
gehen bestimmt bis ganz unten." „Oh, klasse",
antwortet Till erfreut, „dann klettern wir
morgen einfach nach unten und holen den Stab
hinauf, und damit ist unser Plan erledigt."
Samynija legt kurz die Taschenlampe auf den
Brunnenrand. „Ich komme sofort wieder!" „Was

hast du vor?", will Till wissen· „Ich suche nur ein paar Steine", klärt Samynija ihn auf· Ein paar Minuten später kommt sie wieder und hält nur einen Ziegelstein in der Hand· Till hat in der Zeit die komplette Schnur in den Brunnen abgelassen und ist gerade dabei, die Schnur wieder hochzuziehen·

Samynija legt den schweren Ziegelstein auf den Rand des Brunnens, und Till fragt verwundert: „Was soll das mit dem Ziegelstein?" „Wenn wir in den Brunnen hinuntergehen und uns passiert etwas, weiß keiner, wo wir sind· Deshalb werde ich morgen eine Nachricht auf den Ziegelstein schreiben· Sollte jemand den Ziegelstein auf dem Brunnenrand liegen sehen, weiß jeder, dass der dort nicht hingehört· Sie werden die Nachricht auf dem Ziegelstein sehen und wissen, dass sie nach uns suchen sollen·"

„Bist ein schlaues Mädchen", lobt Till seine Schwester· Samynija schaut ihn an· „Na ja, Frauenpower", und schmunzelt dabei· Till nickt und schmunzelt ebenfalls bestätigend: „Ja, Frauenpower·"

Samynija und Till heben beide ihre Hände und klatschen in die Handflächen· Dann sagt er zu ihr: „Die volle Punktzahl!"

„So, o· k·", fährt Till fort, „es wird langsam dunkel· Komm, wir müssen langsam los!"
Seine Schwester nickt und packt die Taschenlampe ein, Till nimmt die Schnur·
Sie holen ihre Fahrräder und fahren los·
Als sie zu Hause sind, stellen sie ihre Fahrräder ab und gehen ins Haus· Kai und ich sitzen im Wohnzimmer und spielen Schach·
„Hallo ihr zwei, wo wart ihr?", fragt Kai·
„Ach, wir sind mit den Fahrrädern nur ein bisschen durch die Gegend gefahren",
umschreibt Kai die letzten Stunden· „O· k·", erwidert Kai· „Ihr habt doch bestimmt Riesenhunger·" „Ja, und wie", sagt Samynija·
„Dann geht in die Küche, die Suppe müsste noch warm sein", sage ich· Während sie in der Küche sitzen, gehen die Geheimgespräche, von denen ich zunächst nichts mitbekommen habe, weiter·

Als sie beide essen, plant Till mit seiner Schwester weiter. „Wir müssen gleich nach oben und ein paar Sachen zusammensuchen, die wir vielleicht für morgen gebrauchen können." „Ist gut", erwidert Samynija knapp.
Als sie satt sind, gehen sie nach oben.
„O. k.", sagt Till zu Samynija. „Gehst du deinen Rucksack holen und kommst dann in mein Zimmer?" Einen kurzen Augenblick später kommt sie, und sie setzen sich auf ihr Bett.
Till spinnt seinen Plan fort. „Morgen früh sind Papa und Mama weg, dann gehst du in die Küche und packst für uns was zum Essen und zum Trinken ein." „In Ordnung", antwortet Samynija und nickt. Till steht auf, geht zu seinem Schrank und holt zwei Taschenlampen raus.
Eine Taschenlampe und Ersatzbatterien gibt er seiner Schwester. Seine eigene Taschenlampe packt er in seinen Rucksack, holt noch ein Taschenmesser raus und legt es auch in den Rucksack.

Samynija hält ihn am Handgelenk fest und
schaut ihn dabei an· „Können wir uns kurz
unterhalten?“, fragt sie· Er nickt und setzt
sich zu ihr aufs Bett· „Hast du Angst?“, fragt
sie weiter· Till dreht sich zu ihr, schaut sie an,
legt seine Hand auf ihren Oberschenkel, nickt

und sagt zu ihr: „Ja, ich habe Angst· Eine gesunde Angst zu haben, schützt uns vor Gefahren·" „Wie meinst du das?", will sie wissen· „Du weißt doch, dass Opa die Kupferstatue zwischen Herbst und Winter vom Brunnen abmontiert hat, um sie zu restaurieren, und in der Innenseite des Brunnens sind ja die Halterungen der Statue· In der Gartenlaube liegt noch das alte Seil· Das nehmen wir morgen früh mit und befestigen es an der Halterung an der Innenseite des Brunnens· Morgen früh, wenn wir da sind, werde ich das Seil an uns knoten·" „Ist das nicht ein bisschen übertrieben?", fragt Samynija·

„Eine gesunde Angst zu haben, ist immer gut, du musst dir vorstellen, dass einer von uns beiden eventuell ausrutschen und abstürzen kann· Und ohne das Seil würden wir bis unten auf den Brunnenboden stürzen und uns sämtliche Knochen brechen·"

„Jeder Mensch hat Angst, der eine mehr, der andere weniger, wenn wir morgen in den

Brunnen runtergehen, müssen wir vorsichtig sein und jeden Schritt genauestens überlegen, ich habe ja meinen starken Bruder dabei", lobt Samynija ihren Bruder· „Dann kann mir nichts passieren·"

Till denkt: „Gut zu wissen, dass meine Schwester so über mich denkt", legt seinen Arm auf ihre Schulter, schaut sie dabei an und sagt: „Wir sind doch ein starkes Team, du wirst schon sehen, innerhalb einer Stunde sind wir wieder oben und klettern aus dem Brunnen mit dem Stab in der Hand heraus·"

„Alles klar", erwidert Samynija, boxt Till auf den Arm und sagt, eine tiefe Männerstimme nachahmend: „Alles klar, Keule·"

Till gibt seiner Schwester einen leichten Boxschlag auf den Oberarm zurück: „Verrücktes Huhn! Samynija, bevor ich es vergesse: Im Brunnen wird es wohl kalt sein, zieh dir bitte morgen etwas Warmes an· Lange Unterwäsche wäre in Ordnung·" Sie nickt: „Wenn wir morgen den Stab haben, gehen wir damit zu unseren Eltern, und dann bist du fällig·" „Häää, wieso

das denn?", will Till wissen und erwidert:
„Mama und Papa wissen doch dann, dass du
auch im Brunnen warst und dass das liebe,
kleine, unschuldige Mäuschen von Schwester
dabei war", und er schmunzelt.
Samynija zeigt mit dem Zeigefinger auf sich
selbst. „... dass ich mit in dem Brunnen war
und du als mein Beschützer mich noch unnötig
solcher Gefahr ausgesetzt hast."
Dabei muss sie lachen, Till runzelt die Stirn und
muss einen Augenblick darüber nachdenken.
Dann schaut er seine Schwester an. „Du Biest",
sagt er und fängt ebenfalls an zu lachen. „Das
bekommst du wieder." Aber Till meint das
nicht ernst.
Er nimmt seine Oberdecke und wickelt seine
Schwester komplett damit ein, sodass von ihr
nur noch ihr Kopf und ihre Füße aus der Decke
herausschauen. Sie lacht einfach weiter und
kann nicht aufhören. Im Gegenteil, sie lacht
immer mehr, und mit ihrem Lachen steckt sie
Till so an, dass er ebenfalls heftig lachen muss.
Beide bekommen einen Lachkrampf, und vor

Anstrengung laufen ihnen die Tränen über ihre Wangen.

Als es an der Tür klopft und einen kurzen Augenblick später dann Kai und ich vor ihnen stehen, können sie mit dem Lachen nicht aufhören.

„Was ist denn mit euch los?", frage ich. Als Kai und ich dabei sind, Samynija aus der Decke zu befreien, denken unsere Kinder nicht einmal daran, uns die Wahrheit zu sagen, aber lügen wollen sie auch nicht.

Deshalb sagt Till zu uns, dass wir bis zum morgigen Abend warten müssten. Obwohl wir nicht ganz mit der Antwort zufrieden sind, verlassen Kai und ich schließlich das Zimmer. Diese Gelegenheit nutzen sie, wie Kai und ich heute wissen, sogleich, um ihre Rucksäcke weiter zu packen. Sie packen noch einen schwarzen Filzstift und stabile Handschuhe ein, die Kai und ich immer für die Gartenarbeit benutzen.

Für den nächsten Morgen brauchen sie außerdem den Kaminanzünder, und zur

Sicherheit nehmen sie auch noch kleine Flaschen Feuerzeuggas zum Nachfüllen mit.

„So", bemerkt Till, „im Großen und Ganzen ist das wohl alles, oder fällt dir noch irgendwas ein?" Samynija überlegt noch einen Augenblick. „Ich denke mal, das war's. Lass uns jetzt noch nach unten gehen, das Wohnzimmer in Ordnung bringen."

Till und Samynija gehen beide zum Wohnzimmer hinunter und setzen sich zu Kai und mir, wir sind gerade dabei fernzusehen. Ich sage noch zu Till: „Morgen früh sind wir wieder mit unseren Freunden zum Reiten, anschließend gehen wir alle gemeinsam essen und sind deswegen wie jeden Sonntag erst um 22:00 Uhr zu Hause."

„Ich hoffe, dass ihr unser Haus nicht in die Luft jagt", mahnt Kai. „Ja, wir werden keine Dummheiten machen, versprochen", antworten beide fast synchron.

Till steht dann auf: „Ich gehe jetzt ins Bett, wir sehen uns ja dann morgen Abend wieder, o. k.?"

„Ja, ist gut", antworten Kai und ich
übereinstimmend· „Gute Nacht", bemerkt Till
noch und geht hoch in sein Zimmer· Samynija
ist schon eingeschlafen, und Kai trägt sie kurze
Zeit später die hölzerne Wendeltreppe hoch,
bringt sie in ihr Zimmer und legt sie in ihr
Bett· Sie schläft meistens ein beim
Fernsehschauen·

Kurze Zeit später schläft auch Till tief und
fest·

Früh am nächsten Morgen wacht zunächst Till
auf und schaut aus dem Fenster· Die Sonne
scheint· „KLASSE", denkt er, so sollte ein Tag
anfangen· Er geht zu seinem Kleiderschrank,
holt lange Wollunterwäsche heraus, dann noch
seine Socken, seine Jeanshose und geht
anschließend ins Badezimmer·

Nachdem er fertig ist, klopft er bei seiner
Schwester an die Zimmertüre, geht ganz
vorsichtig hinein und sieht, dass sie noch
schläft·

Till macht die Tür wieder zu und geht runter
in die Küche· Kai und ich sind schon weg, und

Till deckt für seine Schwester und für sich schon mal den Frühstückstisch.

Danach geht es ins Wohnzimmer, er holt den Kaminanzünder und die kleine Flasche Feuerzeuggas und natürlich auch das Feuerzeug. Jetzt hat er alles, was er braucht, geht wieder nach oben in sein Zimmer, holt die zwei Rucksäcke und legt die Sachen, also Feuerzeug, Kaminanzünder, Feuerzeuggas und das Feuerzeug, in seinen Rucksack. „So", denkt er sich, „jetzt wird es Zeit, meine Schwester zu wecken."

Er klopft an die Zimmertür seiner Schwester, bekommt aber keine Antwort. Er will gerade in ihr Zimmer gehen, da kommt Samynija angezogen aus dem Badezimmer.

„Guten Morgen, Bruderherz", sagt sie, „komm, lass uns frühstücken.

„Das wird dann endlich unser Abenteuer."

Sie nehmen alle ihre Sachen mit und gehen runter in die Küche. Während sie frühstücken, fragt er Samynija: „Hast du lange Unterwäsche an?" Sie nickt und sagt: „Ja." Till geht an den

Kühlschrank, holt acht Würstchen, die in einem Päckchen sind, und legt sie in den Rucksack. Seine Schwester holt noch ein kleines Brot raus und legt es ebenfalls in den Rucksack. Samynija nimmt jetzt noch zwei Flaschen Traubensaft, die er ebenfalls in ihren Rucksack packt.

Mittlerweile sind sie mit dem Frühstück fertig und ziehen ihre Pullis und Jacken an. Sie legen ihre Rucksäcke an und verlassen das Haus durch den Hintereingang, holen ihre Fahrräder und fahren los.
Einige Minuten später sind sie am Hintereingang des Hauses von Opa und Oma angekommen.
Sie verstecken ihre Fahrräder so gut, wie sie können, und einen kurzen Augenblick später stehen sie vor dem Brunnen. Till holt seine Taschenlampe raus. „O. k.", sagt er und schaut dabei seine Schwester an.
„Jetzt ist es so weit, willst du wirklich mit hinunter?", fragt er seine Schwester erneut.
Samynija schaut zuerst in den Brunnen, und dann schaut sie Till an. „Ja, vielleicht wird das

ja ein richtiges Abenteuer, und dann will ich unbedingt dabei sein, sodass ich vielleicht später meinen Kindern auch etwas erzählen kann·"

„O· k·, Samynija, wenn wir jetzt hier runtergehen, werden wir irgendwelche Tiere sehen, zum Beispiel Spinnen·" „Ihhh, Spinnen", unterbricht ihn seine Schwester· „Die sind so eklig·" „Ja, ich finde sie auch eklig, vielleicht fallen sie auch auf uns drauf· Oder wir finden tote Vögel!" „Ihhh, tote Vögel", unterbricht ihn seine Schwester wieder· „Ja, die in den Brunnen hineingeflogen sind und nie wieder herausgefunden haben· Oder es liegen dort tote Mäuse·" „Ihhh, tote Mäuse", fährt ihm Samynija erneut ins Wort und hält sich die Handschuhe vor ihr Gesicht· „Oder tote oder lebendige Ratten·" „Ihhh, Ratten", ekelt sich Samynija erneut und nimmt ihre Hände von ihrem Gesicht weg und schlägt Till auf den Arm·

„Aua, das kann doch alles sein, wer weiß, was
noch alles auf den Brunnenboden liegt·"
„Jetzt hör auf damit, sonst habe ich keine
Lust mehr·" „O· k·, dann lass uns loslegen·"
Samynija schaut Till an und nickt, er holt das
Seil aus seinem Rucksack und befestigt das eine
Ende an der Halterung auf der Innenseite des
Brunnens· „So, Schwesterherz, jetzt mach ich
das Seil an dir fest, und du gehst als Erste in
den Brunnen·" „In Ordnung, ist gut",
antwortet sie· „Aber du leuchtest mir ja
nach·" „Klar", sagt Till· In der Zwischenzeit
hat er das Seil an ihr befestigt·

Samynija klettert sodann auf den Brunnenrand.
„Samynija, du musst mir jetzt unbedingt
versprechen, dass du auf gar keinen Fall loslässt,
bis du sicher unten angekommen bist." „Klar."
Samynija schaut Till mit ernster Miene an und
nickt zweimal hintereinander und sagt dann:
„Ich verspreche es dir." „In Ordnung",
bestätigt Till. „Schalte die zwei Taschenlampen
ein." Samynija geht nun ganz vorsichtig in den
Brunnen hinein. Stufe für Stufe geht sie immer
tiefer, und Till leuchtet ihr mit beiden
Taschenlampen hinterher. Samynija schaut nur
nach unten, und Till ruft ihr hinterher, dass sie
aufpassen soll.
Nachdem sie ein paar Stufen runtergegangen
ist, kommt von ihr das erste „Iiihhh, es sind ja
überall Spinnen hier!!" „Samynija, konzentriere
dich auf die Stufen", schreit Till ihr hinterher.
„Geh langsam weiter, du machst das richtig
gut." Sie bewegt sich langsam weiter nach
unten, bleibt dann aber auf einer Stufe stehen,
schaut nach oben und schreit: „Till, ich kann
von hier den Boden sehen."

„O. k.", schreit Till hinunter. „Klettere langsam weiter nach unten, und wenn du unten angekommen bist, dann mach das Seil wieder los."

Ein paar Minuten später ist Samynija tatsächlich unten angekommen.

„Ich bin unten", schreit sie kurz darauf und löst das Seil. Till zieht das Seil nach oben und befestigt es an sich selbst.

„Samynija", schreit er dann. „Ich komme jetzt nach unten." „Ja, mach schnell", ruft sie zurück.

Till macht die beiden Taschenlampen an seinem Unterarm fest und klettert auf dem Brunnenrand und sodann in den Brunnen hinein. Er geht Stufe für Stufe in den Brunnen hinunter, es dauert nur ein paar Minuten, dann ist auch er unten angekommen.

Kaum ist er dort, umarmt ihn seine Schwester. „Gott sei Dank bist du jetzt da, das hat ja ewig gedauert." „Ist gut", beruhigt er sie. „Du kannst mich loslassen."

Seine Schwester lässt ihn wieder frei· „Siehst du, es ist kein Wasser hier im Brunnen·"
Samynija nimmt Tills Unterarm, er hat ja die Taschenlampen daran befestigt, und zeigt ihm ein Loch im Brunnen, das so groß ist, dass sie beide locker durchgehen können, ohne dass sie sich bücken müssen·

„Durch diesen Tunneleingang ist wohl das Wasser verschwunden·" „Ja, du hast recht", sagt Till, und dabei leuchtet er den ganzen Boden ab·

„Nirgendwo sehe ich den Stab, der ist wohl mit dem Wasser durch den Höhleneingang verschwunden", vermutet Samynija·

„O· k·, komm, da müssen wir durch, ich gehe voraus, und du hältst dich hinten an meinem Gürtel fest·" „Ich habe Angst", erwidert Samynija· „Ich weiß ... Ich habe auch ein bisschen Angst·"

Als Till seine Schwester so ansieht und dabei das Seil löst, denkt er: „Ich muss mich zusammenreißen, ich bin doch der Mann· Zumindest will ich noch einer werden·"

Till leuchtet in den Tunnel und denkt für sich:
„Ich habe überhaupt keine Ahnung, wo dieser
Tunnelgang endet· O· k·, wenn wir den Stab
finden wollen, müssen wir aber durch den
Tunnel·" – „Wir müssen durch den Tunnel",
wiederholt er den Gedanken laut gegenüber
seiner Schwester· „Aber wenn ich wieder
zurückgehen will, gehen wir wieder zurück,
o· k·?"
„Ja, ist gut, einverstanden·"
Als sie den ersten Schritt in den Tunnel
gegangen sind, kommt ihnen ein kalter Windzug
entgegen· „Brrr", sagt Samynija, „ist das kalt
hier·" Till dreht sich um, schaut sie an und
sagt zu ihr: „Hast du lange Unterwäsche an,
wie ich dir das gesagt habe?"
Samynija schaut ihn an, dabei zieht sie ihre
Mütze tief ins Gesicht· „Ja, habe ich· Und
du?", fragt sie zurück· Till nickt: „Ja, ich habe
auch lange Unterwäsche an· Halt dich hinten an
meinem Hosenbund fest und lass uns
weitergehen·" „O· k·, dann mal los", sagt
Samynija wieder etwas mutiger und hält sich

hinten an Tills Hosenbund fest· Sie gehen langsam in den Tunnel· Till schaut, mit den Taschenlampen leuchtend, die er an seinen Unterarmen befestigt hat, in sämtliche Richtungen·

Er sieht, wie das Wasser die Wände runterläuft·

Es ist unheimlich· Seine Nerven sind angespannt, plötzlich bleibt er stehen, als sich vor seinen Füßen eine Schlange vorbeischlängelt· Till bekommt einen so großen Schreck, dass er sich nicht mehr bewegen oder schreien kann·

„Was ist denn?", will Samynija wissen· „Warum bleibst du denn stehen?" Till holt tief Luft: „Alles in Ordnung, ich hätte mir vor Schreck fast in die Hosen gemacht, ich dachte, ich hätte eine Maus gesehen, aber es war wohl nur ein Stein· Komm, lass uns weitergehen·"

„Ja", antwortet Samynija· Sie gehen langsam weiter durch den schmalen Tunnel, und Till denkt so für sich: „Hoffentlich geht das Licht nicht aus oder der Boden kracht unter uns weg, und wir stürzen in die Tiefe. Oder wir werden von der Schlange gebissen."

Als er so in Gedanken ist, kracht ein Felsbrocken rechts neben ihm aus der Tunnelwand, er schlägt ihm direkt vor die Füße. Samynija und er, sie erschrecken beide so sehr, dass sie nach hinten stürzen und dabei laut „Ahhh!!!" schreien.

Sie haben beide Glück, da ihre Rucksäcke den Aufprall wie zwei Airbags abgefedert haben, sodass sie relativ sanft auf den steinigen Boden gefallen sind.

„Samynija", ruft Till mit lauter Stimme. „Ist dir was passiert?" „Warte", erwidert sie, „ich glaube nicht, aber lass uns erst mal aufstehen. Und was ist mit dir?", will auch Samynija sogleich wissen. „Was war das?", sagt sie mit zittriger Stimme. „Warte", antwortet Till, „lass uns erst aufstehen." Er steht als Erster auf, dreht sich um, streckt seine Hand in Richtung Samynija aus und hilft ihr aufzustehen. Als sie beide stehen, schaut er seine Schwester von allen Seiten an und fragt

sie noch einmal: „Ist auch wirklich mit dir alles in Ordnung?" „Ja", bestätigt sie erneut.
„Gott sei Dank. Hast du dich verletzt?" „Nein, es ist alles in Ordnung."
Dabei leuchtet Till mit der Taschenlampe in die Richtung, wo der Felsbrocken aus der Wand herausgebrochen und zu Boden gefallen ist.
„Da haben wir aber Glück gehabt", stellt Samynija fest. „Ja, das stimmt. Komm, Samynija, halt dich wieder an mir fest und lass uns weitergehen." „Nein, ich habe Angst, lass uns wieder zurückgehen."
„Samynija, lass uns weitergehen, es sind nur noch ein paar Meter von hier, ich kann das Licht am Ende des Tunnels sehen."
„Wirklich?", fragt Samynija ein wenig zweifelnd. „Ja, echt." „Ist gut", gibt sie nach und hält sich wieder hinten an Tills Gürtel fest.
Sie gehen langsam weiter, Till sieht seine Lüge als eine Notlüge – er will jetzt auf keinen Fall wieder zurück. Dann wäre ja alles umsonst gewesen.

Sie gehen also langsam weiter, und nachdem sie einige Zeit lang weiter den Tunnel durchschritten haben, sieht Till wirklich Licht in der Ferne· In diesem Moment spürt Till eine Erleichterung, und eine angenehme Wärme schießt durch seinen Körper· „Samynija", sagt er, und dabei bleibt er stehen· „Schau, da hinten, da kannst du das Licht sehen, das wird wohl das Ende des Tunnels sein·"

Seine Schwester schaut an ihm vorbei in die Richtung, in die er mit der Taschenlampe zeigt· „Ja, endlich, wir haben's bald geschafft· Gott sei Dank· Komm, Till, lass uns weitergehen·"

Till ist ebenso erleichtert und froh, freut sich darauf, gleich den Himmel zu sehen·

Sie gehen weiter, und ein paar Minuten später sind sie am Ziel· „So", denkt Till, doch als sie am Ende des Tunnels sind, sieht er nicht den erhofften blauen Himmel, sondern sie sehen Licht, das an einigen Stellen von oben durch den Berg in eine riesengroße Höhle hereinscheint·

Sie stehen am Ende des Tunnels mit großen Augen und aufgerissenen Mündern, als wären sie in einer anderen Welt·

Als sie sehen, dass sie mitten in einer großen Berghöhle stehen, sind Till und Samynija begeistert und umarmen sich·

Als sie mit der Umarmung fertig sind, legt Till seine Hände auf ihre Schultern, sie schauen sich gegenseitig an· „Hast du so was Schönes schon einmal gesehen?", fragt er Samynija· Sie schüttelt den Kopf· „Nein, es ist so, als wären wir in einer anderen Welt·" Till muss schmunzeln· „Ich habe genau das Gleiche gedacht", sagte er dann zu ihr·

Dabei nimmt Till ihre Hand: „Da vorne ist ein Abgrund, lass uns bis dahin gehen und von dem Abgrund in die Tiefe schauen·" Einen kurzen Augenblick später sind sie dort, und alles, was sie in ihrem Leben schon gesehen haben, ist nicht zu vergleichen mit dem, was sie jetzt sehen· Sie schauen einander gegenseitig an, sagen aber kein Wort· Sie legen wie auf Kommando ihre Rucksäcke ab, ziehen ihre

Jacken aus und legen die Sachen zur Seite·
Dann setzen sie sich an den Abgrund, schauen
nach unten und lassen ihre Beine baumeln· „Oh
mein Gott, hast du so was Schönes schon mal
gesehen? Kristallblaues Wasser, das so sauber
ist, dass man bis auf den Grund sehen kann, die
Oberfläche des kristallblauen Wassers funkelt wie
viele kleine Lichter am Sternenhimmel in der
Nacht", sagt Samynija ganz leise vor sich hin·
Till nickt und denkt: „Samynija hat recht·"
Till sitzt nun da mit seiner Schwester in der
Berghöhle auf einem Abhang, und wenn er
schätzen sollte, würde er sagen, es seien bis
unten hin mindestens sieben Meter·
Als Till sich so in der Berghöhle umschaut und
dann wieder nach unten, sieht er rechts vom
See eine kleine weiße Sandbank, die höchstens
einen Steinwurf entfernt ist·
Er sieht irgendetwas Längliches zum Teil im
Sand stecken, das aussieht wie eine kleine
Stange· Er schaut zu seiner Schwester hinüber·
„Samynija, schau mal nach rechts auf die
Sandbank· Siehst du, was da im Sand steckt?"

Dabei hebt er seinen rechten Arm und zeigt in die Richtung, in die seine Schwester schauen soll· „Siehst du dieses längliche kleine Ding, das im Sand steckt?" Samynija schaut hin und wendet sich dann Till zu: „Ja, das sieht eher aus wie der Stab, nach dem wir suchen·"
Sie schauen beide noch mal dahin· „Ja, ich glaube, du hast recht, es könnte der Stab sein, nach dem wir gesucht haben· Wir müssen von hier oben hinunter, bist du dabei?", fragt Till seine Schwester· Sie zögert einen Augenblick· „Ja, ich hoffe, du hast wie ich auch lange Unterwäsche an", sagt Till· „Ja, alles klar, habe ich", sagt Samynija· „Also, Schuhe und Strümpfe ausziehen und die Strümpfe in die Schuhe stecken·" Till nimmt dann die Schuhe in die Hand· Gott sei Dank ist die Sandbank nicht weit weg· Till wirft die Schuhe auf die Sandbank· Er nimmt ihre Rucksäcke und wirft sie ebenfalls von oben auf die kleine Sandbank, dann zieht er seine Jacke aus und nimmt einen Stein, der in etwa so groß ist wie sein Fuß·

Er steckt ihn in die Innenseite des Ärmels und macht dann die andere Seite zu, sodass der Stein nicht mehr herausfallen kann·

Samynija schaut ihm zu und eifert ihm nach· „Warum machst du das?", will sie wissen· „Das ist die einzige Möglichkeit, von hier oben herunterzukommen und von hier oben ins Wasser zu springen", klärt Till sie auf· „Aber das Wasser ist sehr wahrscheinlich eiskalt", wendet Samynija ein· „Ja, deshalb ziehe ich auch meine Klamotten bis auf die lange Unterwäsche aus und werfe dann unsere Klamotten auf die kleine Sandbank·" „O· k·, verstehe", sagt sie· „Aber warum tust du den Stein in die Jacke rein?" „Dann pass mal auf!" Till steht auf und lässt den Ärmel seiner Jacke runterhängen, da, wo der Stein drin ist, und holt dann Schwung und lässt die Jacke erst dann los, wenn der Stein, der im Ärmel ist, in Richtung der Sandbank zeigt·

Und dann lässt er los, es klappt, die Jacke fliegt auf die kleine Sandbank· Till wundert sich über seine Schwester, sie macht mit, ohne lange zu meckern· Sie zieht ihre Schuhe aus, dann ihre Strümpfe, steckt die Strümpfe in die Schuhe und wirft sie auf die Sandbank· Sie gibt Till Jacke, Pullover und Jeanshose, dann sieht er, dass seine Schwester auf ihn gehört hat, denn sie trägt eine lange Wollunterhose und ein Wollhemd·

Till wirft alle ihre Sachen auf die gleiche Art und Weise, wie er es schon mit seiner Jacke getan hat· Gott sei Dank hat er auch selber eine lange Wollunterhose an· Samynija schaut Till an und streckt ihm ihre Hand entgegen und sagt: „Komm, Brüderchen, gib mir deine Hand, das sind doch höchstens sieben Meter, von dieser Höhe aus habe ich keine Angst hinunterzuspringen·" Till ist sprachlos, als er das von seiner Schwester hört, denn er selbst hat Angst und muss deshalb allen Mut zusammenreißen, denn er will nicht, dass seine Schwester ihn für einen Feigling hält· Sie geben sich die Hände, dann gehen sie zwei Schritte zurück· Sie schauen einander an, und Till sagt:

„Auf DREI·" Sein Herz schlägt immer schneller·
„... zwei, eins und los!" Sie springen gemeinsam
Hand in Hand, und unterwegs schreien sie:
„Ahhh!"
Als sie mit den Füßen voran in das kalte
Wasser eintauchen und dann der ganze Körper
unter Wasser ist, wollen sie nur noch raus aus
dem kalten Wasser·
Als Till auftaucht, schreit er: „Oh mein Gott,
ist das kalt·" Samynija, die fast zur gleichen
Zeit auftaucht, schreit ebenfalls· „Oh mein
Gott, ist das kalt·" Sie schwimmen so schnell,
wie sie können, dahin, wo die kleine Sandbank
ist· Als Till gerade dabei ist, auf die Sandbank
zu klettern, sieht er hinter einem großen
Felsen ein Loch in der Berghöhle·
„Samynija", ruft er mit lauter Stimme· „Ich
habe noch eine Höhle gefunden·" „Wo?", will
Samynija wissen, als sie neben ihm gerade dabei
ist, aus dem Wasser und auf die Sandbank zu
kommen·
Er zeigt ihr den Höhleneingang· Während er
dabei ist, seine Klamotten aufzuheben, sagt

Samynija: „Ich gehe hier in die Höhle rein, dann kannst du dich hier draußen umziehen, o. k.?" „Auf gar keinen Fall!" „Und was ist, wenn Neandertaler mich sehen können?" Till holt tief Luft: „Samynija, es gibt keine Neandertaler!" „Doch!!", kommt es wieder von seiner Schwester. „Nein!!", widerspricht Till. „Doch!!" Till friert. „O. k., du gehst in die Höhle hinein, und ich zieh mich dann hier um, wo du stehst, alles klar?" „Ja, o. k., ist gut", antwortet sie. Während sie ihre Sachen zusammenpackt, ermahnt sie Till: „Aber du bleibst in meiner Nähe." Sodann geht sie in die Höhle hinein. „Oh mein Gott", denkt Till, „so stur wie unser Vater." Während sie die nassen Sachen aus- und die trockenen Sachen wieder anzieht, liegt nicht weit von Till der Stab. Er geht hin, hebt ihn auf und schaut ihn von allen Seiten an.

„Er ist aus Kupfer", denkt er so, und die Länge entspricht ungefähr der von seinem Fuß bis zu seinem Knie.

In diesem Moment kommt Samynija mit schnellen Schritten aus der Höhle und auf ihn

zu· Als sie ihm gegenübersteht, nimmt sie den
Stab aus der Hand und sagt: „Ich habe ihn als
Erste gesehen, und ich darf ihn mir als Erste
anschauen·"

Till verkneift sich lieber den Ärger und nimmt
ein T-Shirt, das noch trocken ist, und trocknet
damit seine Haare ab· Dann gibt er seiner
Schwester das T-Shirt: „Samynija, trockne dir
bitte deine Haare ab, o· k·?" Sie schaut Till an
und schmunzelt· Ohne zu meckern, nimmt sie
sein T-Shirt und gibt ihm den Stab· „O· k·",
denkt er, „den Stab guck ich mir später an·"

„Samynija, überall liegt hier Holz herum, du
hast doch sicherlich auch Hunger, und es wird
auch langsam dunkel· Und so, wie's aussieht,
müssen wir auch die Nacht hierbleiben·"

„Das habe ich mir schon gedacht", bestätigt ihn
Samynija· „Lass uns schnell ein Feuer machen·"
Sie fängt an, Holz zu sammeln, und Till macht
es ihr nach· Beide tragen das Holz in die Höhle
und legen es auf den Boden·

Sie gehen gemeinsam noch ein zweites Mal,
dabei ziehen sie an einem kleinen Baumstamm,

der zur Hälfte im Wasser liegt, bewegen ihn auf die Sandbank und schleppen ihn in die Höhle. Dort legen sie ihn auf den Stapel mit dem Holz. Anschließend holen sie ihre Sachen in die Höhle und legen auch sie neben das Holz.

„Samynija, wir müssen noch mehr Holz sammeln, denn es wird gleich dunkel, und wenn wir die ganze Nacht hierbleiben, hat keiner von uns beiden mehr Lust, im Dunkeln nach Holz zu suchen, oder?"

Samynija kommt zu Till, schaut ihn an und sagt: „Ich hab Hunger. Ich gehe jetzt noch einmal mit dir raus und suche Holz, aber danach machen wir erst ein Lagerfeuer, in Ordnung?" „Ja, das ist gut, komm, lass uns Holz holen." Als sie gerade dabei sind, Holz zu suchen, fängt es an zu tropfen.

„Samynija, es sieht nach Regen aus, wir müssen uns beeilen!" „Ja, ist gut", antwortet sie. Mit schnellen Schritten sammeln sie so viel Holz, wie sie tragen können, und gehen in die Höhle. Dort legen sie das Holz zu einem Holzstapel zusammen· Till holt seinen Rucksack und nimmt alles, was darin ist, heraus· Dann nimmt er Samynijas Rucksack und legt dort alle Sachen hinein· „Warum machst du das?", fragt sie· Till schaut sie an und erklärt, dass das Holz zum größten Teil nass ist und der Grillanzünder alleine nicht reichen wird, um das Feuer anzuzünden·

Deshalb werde er den Rucksack mit seinem Taschenmesser so gut, wie es geht, klein schneiden und dann mitverbrennen· Doch zuerst sucht er das Holz, das am wenigsten nass ist, und stellt es aufrecht, sodass es so aussieht wie ein Holzzelt·

Als er damit fertig ist, reicht ihm das Holzzelt bis zur Hüfte, jetzt zerschneidet er seinen Rucksack·

Nun legt er den Grillanzünder zwischen die Holzstücke auf den Boden ins „Holzzelt" hinein·

Samynija, die in der Zwischenzeit zwei Zweige abgeschnitten und mit seinem Taschenmesser die Enden angespitzt hat, schaut ihn an und fragt: „Wie lange dauert das denn noch?"

„Einen Augenblick." Till holt sein Feuerzeug und zündet dann alles von unten an·

Es dauert ein paar Minuten, bis das Feuer groß genug ist, dass er weitere Holzstücke drauflegen kann·

Samynija gibt Till einen Stock, den sie angespitzt hat, und holt dann die Würstchen und das Brot aus dem Rucksack·

Sie setzt sie sich ihm gegenüber auf einen Holzstamm, Till holt sich ebenfalls einen Holzstamm als Sitz, doch bevor er sich hinsetzt, bricht er ein paar Äste ab und spitzt die Enden· Er holt sich einen flachen Stein, rammt die Äste mit der spitzen Seite in den Boden und benutzt dann den Stein, wie er einen Hammer benutzen würde, er schlägt die Äste noch tiefer in den Boden·

Seine Schwester hat in dieser Zeit auf ihrem angespitzten Zweig ein Würstchen aufgespießt und vorsichtig ins Lagerfeuer gehalten·

Er holt die nassen Sachen und legt sie über die
Äste, die er kurz zuvor mit einem flachen
Stein in den Boden geschlagen hat· Es ist schon
längst dunkel geworden und hat ziemlich fest
geregnet· Samynija gibt ihm ein Würstchen· Er
macht es seiner Schwester nach, nimmt das
Würstchen, spießt es auf einen Ast und setzt
sich dann so nah es geht an das Feuer heran·

Er hält das Würstchen vorsichtig über das Feuer.

„Wie geht es denn jetzt weiter?", fragt Samynija, während sie zwei große Stücke Brot abschneidet. Sie reicht ihm ein Stück Brot herüber. „Na ja, wir müssen heute Nacht hier schlafen!" „Auf gar keinen Fall", empört sich Samynija. „Ich habe viel zu viel Angst, ich mach doch kein Auge zu." „Ich habe auch Angst hier in dieser Höhle, dann müssen wir eben die Nacht wach bleiben und dafür sorgen, dass das Feuer auf gar keinen Fall ausgeht."

Nachdem sie gegessen haben, steht Till auf und holt den Stab. Er hält den Stab näher an das Feuer, als er plötzlich von der Seite unterhalb des Stabes merkwürdige Zeichen sieht.

Das will er sich mal genauer ansehen, plötzlich schreit seine Schwester, springt auf und ruft ganz laut: „Till!" Dann kommt sie mit ganz schnellen Schritten zu ihm, setzt sich ganz nah an ihn heran, greift nach seiner Hand und sagt ganz aufgeregt: „Da ist noch jemand in der Höhle." Till schaut seine Schwester an:

„Beruhige dich, das hast du dir nur eingebildet.“ Er gibt ihr den Stab, um sie zu beruhigen, doch als er ihr den Stab gibt, fängt die Spitze des Stabes rötlich zu leuchten an. Wie durch Geisterhand wird der Stab immer länger, Samynija steht auf und hält den Stab seitlich an ihrem Körper fest in der Hand. Der Stab wird ganz genauso groß wie sie.

„Meine Schwester sieht nun aus wie eine Massai-Kriegerin“, denkt Till, steht auf und geht zu ihr. Er nimmt ihr den Stab aus der Hand.

Er hält den Stab auch seitlich von sich und stellt das untere Ende des Stabes neben seine Füße auf den Boden, die Spitze des Stabes fängt erneut an, rötlich zu leuchten, und wächst wie durch Geisterhand etwa 7 cm höher als bei seiner Schwester. Denn so viel ist er ungefähr größer als seine Schwester. „Was passiert hier?“, will Samynija wissen und nimmt Till den Stab wieder aus der Hand. Der Stab nimmt sofort wieder ihre Größe an, die Spitze des Stabes leuchtet wieder rot, fängt aber nun

an, sich zu bewegen· Die leuchtende Spitze
zeigt schräg über ihr Lagerfeuer hinweg, und
zwar in die Richtung, in der es noch tiefer in
die Höhle geht, dorthin, wo seine Schwester die
Geräusche vermutet hat, und genau in diesem
Moment hört er sie auch· Samynija und Till
sehen irgendetwas Großes mit leuchtenden
roten, funkelnden Augen auf sie zukommen·
Samynija stellt sich ganz nah an Till heran, der
Stab wird zum Speer·
Samynija hat den Speer auf ihrer linken Seite,
und mit der rechten Hand hält sie Tills
Handgelenk fest, drückt immer fester zu· Sie
schaut Till mit großen, aufgerissenen Augen an·
Er sieht die Angst in ihren Augen, auch er
selbst bekommt es immer mehr mit der Angst
zu tun, atmet immer schneller, sein Herz fängt
an, sehr viel heftiger zu schlagen, auch er
bekommt es mit der Angst zu tun· Denn die
funkelnden rubinroten, leuchtenden Augen
kommen näher und näher auf sie zu· Es ist ein
riesiger Bär, der schnaufend auf sie zukommt·

Samynija fängt an zu schreien, und auch Till
steht mit aufgerissenen Augen und offenem
Mund da, hat Todesangst, sein Herz schlägt
ihm bis zum Hals·
„Samynija", schreit er, geht langsam rückwärts,
sie steht dicht hinter ihm und schaut ihn an·
Sie hält den Speer ganz fest in ihrer linken
Hand, geht ganz langsam weiter rückwärts,
tritt dabei gegen den Rucksack, der umkippt·
Einige Sachen fallen aus dem Rucksack heraus·
Auch das Feuerzeuggas·
Der riesige Bär ist nur noch ungefähr vier
Meter von ihnen entfernt und richtet sich auf·
Till hebt die kleine Flasche mit dem
Feuerzeuggas auf und wirft sie ins Lagerfeuer,
zugleich zieht er einen brennenden Ast aus dem
Feuer, schnell geht er ein paar Schritte nach
hinten – und einen kurzen Augenblick später
explodiert die Gasflasche· Feuer, brennende Äste
und Zweige werden durch die Luft
geschleudert, der Bär, der in unmittelbarer
Nähe des Lagerfeuers ist, wird von einigen
brennenden Ästen und Zweigen getroffen· Er

brüllt, sein Fell brennt an einigen Stellen, er schlägt und stampft mit den Vorderpfoten auf dem Boden· Wütend schlägt er um sich und greift dann Till an· Er schreit: „Hau ab, du Mistvieh·" Er nimmt den brennenden Ast in beide Hände und schlägt den Bären mit all seiner Kraft auf dessen Körper· Der Bär schlägt mit seinen Riesenpranken den brennenden Ast aus Tills Händen·

Samynija, die nur knapp hinter ihm steht, schreit wie Till: „Hau ab, du Mistvieh·" Als der Bär mit seinen Riesenpranken ein zweites Mal zuschlägt, trifft er Tills Schulter und seinen Oberkörper· Er zerfetzt die Jacke· Der Schlag mit seinen Pranken ist so heftig, dass er seine Krallen tief in sein Fleisch schlägt, sodass seine Knochen zu sehen sind· Durch den Schlag wird Till nach hinten geschleudert und rückwärts auf den Boden· Till schreit vor Schmerzen· Als Till sieht, wie der Bär sich aufrichtet, und seine Unterlippen zu zittern anfangen, schreit Samynija: „Geh von meinem Bruder weg, du hässliches Vieh·"

Der Bär lässt von ihm ab, wendet sich aber
Samynija zu, die den Speer noch immer in ihrer
linken Hand hält·
Nun geht Samynija wenige Schritte nach
hinten, es gibt es für sie keine
Fluchtmöglichkeiten mehr· Von vorne kommt
der Bär auf sie zu, hinter ihr nur noch die
Höhlenwand· Samynija hält den Speer jetzt mit
zwei Händen fest, der untere Teil des Speers
rutscht hinter sie in eine Erdspalte, sie kann
nicht mehr weg· Die Spitze des Speers zielt
nach oben· Der Bär, der nun in seiner ganzen
Größe vor Samynija steht, holt zum tödlichen
Schlag aus· Doch was dann passiert, rettet
wohl beiden das Leben·
Der Bär stolpert, und sein massiver Körper fällt
unkontrolliert nach vorne auf die Spitze des
Speeres, sie durchbohrt sein Herz· Der Bär ist
auf der Stelle tot· Durch das Gewicht des
Bären durchbohrt der Speer ihn, sodass die
Spitze aus dem Rücken des Bären wieder
herauskommt·

Samynija, die unverletzt unter dem Bären liegt, weint und ruft Till mit seinem Namen· Er ruft zurück: „Samynija, du lebst! O lieber Gott, ich danke dir, Samynija, ich komme", ruft er weiter, er steht auf und schaut sich zugleich um· Er sieht vor sich sein T-Shirt, das er in der Nähe des Lagerfeuers auf das Holz gelegt hat, um es zu trocknen· Es liegt vor ihm auf dem Boden, er hebt es auf und presst es auf seine Wunde·

Überall verstreut auf dem Boden liegen all ihre Sachen, auch brennende Äste und Zweige· Till hebt einen brennenden Ast auf, geht dann zu dem toten Bären, seitlich an ihm vorbei· Er bückt sich und sieht seine Schwester, es ist ein Bild des Schreckens, sie ist voller Blut·

Sie schaut ihn an und weint sehr·

„Samynija", sagt Till mit lauter Stimme, „bist du in Ordnung? Ich hole dich hier raus·"

Till legt den brennenden Ast zur Seite, hebt den Bären mit all seiner Kraft an und drückt ihn so gut, wie er kann, zur Seite, seine Schwester krabbelt unter dem Bären hervor·

Sie fällt ihm in seine Arme, was ihm
fürchterlich wehtut, aber die Freude, dass er
seine Schwester wieder gesund in seine Arme
schließen kann, ist in diesem Augenblick so groß,
dass der Schmerz nur eine Nebensache ist.
Sie beide müssen sich ausruhen und setzen sich
auf den harten steinigen Boden.
Als sie beide so dasitzen, legt Till seinen Arm
um ihre Schulter, sie schauen sich an und
weinen los, es ist wohl so etwas wie eine
Befreiung.
Nachdem eine Zeit vergangen ist, schaut Till
seine Schwester an und sagt: „Überall verstreut
liegen hier unsere Sachen herum." Auch
Samynija sieht in der Höhle auf den Boden und
schaut dann ihn an: „Das erinnert mich an dein
Zimmer zu Hause." Dabei muss sie schmunzeln.
„Ja", antwortet Till und schmunzelt ebenfalls.
„Till! Es ist kalt, ich friere, komm, lass uns
aufstehen und noch einmal ein Lagerfeuer
anmachen." Till nickt: „Ja, du hast recht."
Sie steht als Erste auf und hilft ihm dann,
ebenfalls aufzustehen. „Warte", sagt sie und

geht, um einen brennenden Ast zu holen, der neben dem Bären liegt. Dann kommt sie mit dem brennenden Ast ganz nah an Till heran und sagt: „Ich möchte deine Wunden sehen." Till nickt und nimmt ganz vorsichtig das T-Shirt von der Wunde ein Stück weg. „Aua", sagt er laut. Samynija sieht die Wunde: „Du musst ja höllische Schmerzen haben." „Stimmt." Till will seine Schwester nicht beunruhigen, deshalb sagt er: „Es brennt wie Feuer, aber man kann es aushalten, lass uns jetzt zusammen das Holz suchen, bevor das Feuer ganz ausgeht."
Sie sammeln das Holz in der Höhle auf, legen es wieder auf eine Stelle und beleben das Lagerfeuer.
Plötzlich bleibt Samynija nicht weit von Lagerfeuer entfernt mit einem brennenden Ast in der Hand stehen. „Was ist los?", fragt Till sie, während auch er sich einen brennenden Ast schnappt, der auf dem Boden liegt. „Stell dich zu mir", sagte Samynija. Till stellt sich neben seine Schwester. Sie schaut ihn an: „Hörst du das denn nicht auch?" „Was meinst du?", fragt

Till verwundert· „Na ja, dieses Plätschern",
sagt sie· Dabei dreht sie sich mit dem
brennenden Ast in der Hand um und streckt
ihren Arm aus und zeigt mit dem brennenden
Ast: „Es kommt aus dieser Richtung· Ich will
dahin, ich muss wissen, was das ist·"
Till ist müde, sein Arm und seine Brust
schmerzen, er will aber nicht lange mit ihr
rumdiskutieren· „Ich weiß zwar nicht genau,
was du meinst", sagt er etwas mürrisch zu ihr,
„aber lass uns mal dahin gehen·"
Sie gehen los und müssen dabei an dem toten
Bären vorbei· Da sieht Till die Spitze des
Speeres, wie sie aus dem Rücken des Bären
herausschaut, und bleibt stehen· „Warte",
sagte er zu Samynija· „Noch einen Augenblick·"
Dann geht er zu dem Bären·
Seine Schwester läuft langsam hinterher· Als
Till vor dem Bären steht, packt er den Speer
unterhalb der Spitze und will ihn aus dem
Rücken des Bären herausziehen, aber als er es
versucht, gelingt es ihm einfach nicht·

Samynija kommt und drückt ihn zur Seite:
„Lass mich es mal versuchen." Sie packt den
Speer unterhalb der Spitze, zieht – und das
nicht einmal feste – und bekommt ohne Mühe
den Speer aus dem toten Bären heraus· Till
kann es nicht glauben, denn schon beim ersten
Versuch zieht Samynija den Speer heraus·
Kaum hat Samynija den Speer in ihren Händen,
nimmt der Speer seine ursprüngliche Größe
wieder an· Jetzt wird aus dem Speer wieder
ein Stab· „Verstehst du das?", fragt sie ihren
Bruder· Er schaut seine Schwester an und sagt:
„Der Stab gehorcht nur seiner Kriegerin·"
„Cool", freut sich Samynija und hält ganz stolz
den Stab in der Hand· „Komm, lass uns jetzt
dahin gehen, von wo ich dieses Plätschern
gehört habe·" „O· k·", willigt Till ein, dabei
denkt er: „Die gibt doch sowieso keine Ruhe·"
Also gehen sie in die Richtung, aus der Samynija
dieses Plätschern gehört hat·
Als sie ankommen – und es ist wirklich nicht
weit vom Lagerfeuer entfernt – stehen sie
sozusagen vor einer Steinbadewanne· Das

Wasser, das von oben aus der Höhlendecke heruntertropft, sammelt sich in einer Art Steinbecken, als wäre es eben eine Badewanne aus Stein.

Das überschüssige Wasser fließt seitlich aus dem Steinbecken heraus. Das Steinbecken ist nicht viel tiefer als eine Badewanne, nur vielleicht an einigen Stellen doppelt so breit. Doch das Merkwürdigste daran ist: Als sie mit ihren Fackeln näher herankommen, sehen sie, wie Wasserdampf langsam nach oben steigt.

„Was ist das denn?", will Samynija wissen. „Ich bin mir da nicht sicher, aber es könnte eine warme Quelle sein."

Noch bevor Till irgendwas sagen kann, drückt sie ihm den Stab vorsichtig in seine linke Hand. Samynija taucht ihre Hand in diese Steinbadewanne, als Till das sieht, will er seine Schwester gerade anschreien und sie davon wegziehen, doch dann sagt sie: „Oh mein Gott, ist das angenehm warm." Kurz darauf legt sie ihre zweite Hand ebenfalls in diese Steinbadewanne und sagt erneut: „Oh mein

Gott, ist das angenehm warm·" Als Till das sieht, legt er den brennenden Ast an die Seite· Till macht es seiner Schwester nach und taucht ebenfalls seine Hände ins Wasser· „Oh ja", sagt er, „das Wasser ist ja wirklich angenehm warm·" Seine Schwester zögert nicht lange und zieht sich bis auf ihre warme lange, wohlige Unterwäsche aus und geht in die Steinbadewanne, sie setzt sich in das warme Wasser und macht es sich in der Steinbadewanne so richtig gemütlich·

Till legt nun auch den Stab vorsichtig auf den Rand der Steinbadewanne und zögert ebenfalls nicht lange, zieht sich ebenfalls aus bis auf seine lange Unterwäsche und setzt sich ins warme Wasser·

Nun sitzen beide in einer Höhle, Rücken an Rücken in einer Art Steinbadewanne· „Oh mein Gott, ist das angenehm, ich werde hier nie wieder rausgehen·" Till nickt: „Oh ja, obwohl ich erschöpft bin und immer noch Angst habe und mein ganzer Körper noch brennt, ich Schmerzen habe und wirklich froh bin, dass wir beide noch leben, möchte ich jetzt nirgendwo anders sein als hier mit dir in dieser warmen Steinbadewanne·"

Sie warten nach dem Bad, bis es wieder hell wird, um dann endlich wieder nach Hause zu gehen·

Sie unterhalten sich noch eine Weile, und Till schaut seine Schwester an, dann in Richtung des Lagerfeuers· Und kurze Zeit später schlafen sie, wohl vor Erschöpfung, ein·

Als beide fest schlafen, merken sie nicht, dass
die Spitze des Stabes sich in die Richtung
dreht, an der Till seine Verletzung hat, und sie
wieder zu leuchten beginnt, doch diesmal war es
ein helles, engelhaftes Leuchten·
Es sieht aus, als ob kleine nebelhafte Engel auf
die Wunde springen, um sie zu heilen·
Als die Nacht zu Ende ist und die ersten
Sonnenstrahlen kommen, wacht Till auf· Er ist
noch müde und hätte gerne noch ein paar
Stunden geschlafen· Doch er muss wissen, was
mit seiner Schwester ist· „Samynija", sagt er
ganz laut· „Lebst du noch?" „Ja!", antwortet
sie· „Lass mich schlafen, o· k·?" „Das ist ja
schon mal gut", denkt sich Till beruhigt·
Zögernd schaute er dorthin, wo seine Wunden
sind, und muss mit großer Erleichterung sehen,
dass seine Wunden vollkommen geheilt sind· Was
er noch gesehen hat, ist kein Traum gewesen,
es ist wirklich passiert· Nun will er so schnell
wie möglich nach Hause· „He, Samynija, wach
auf·" Seine Schwester stöhnt: „Nein, ich will
noch schlafen·" „Nein, wach auf!", hakt Till ein

zweites Mal nach· Als seine Schwester endlich wach ist, sagt er: „Samynija, es könnte doch sein, dass hier noch mehr Bären in der Höhle sind, wir müssen schleunigst hier weg· Oder willst du noch mal gegen einen Bären kämpfen?" „Nein", antwortet sie· „Du hast ja recht·" Währenddessen steht Till auf und nimmt seine Klamotten· „Ich gehe jetzt aus der Höhle raus und zieh mich um·"

„Ja gut, und ich ziehe mich dann hier um und komme dann raus, und du wartest aber draußen auf mich, bis ich zu dir komme·"

Till geht aus der Höhle hinaus und zieht sich um, und als er gerade dabei ist, seine Schuhe zuzuschnüren, schreit Samynija: „Till, Till!!" Er denkt: „Was ist denn jetzt schon wieder?"

„Komm schnell wieder rein", ruft sie weiter· Er beeilt sich, macht schnell noch seine Schnürsenkel an seinen Schuhen zu und rennt in die Höhle·

Dort sieht er seine Schwester, sie ist nur ein paar Meter von der Steinbadewanne entfernt und hält in ihrer rechten Hand den Stab, der jetzt wieder zum Speer wird, und die Spitze des Speeres leuchtet wieder rot·

Als Till seine Schwester so sieht, mit aufgerissenen Augen und Angst in ihrem Gesicht, in diesem Augenblick denkt er nur: „Mein Gott, nein, bitte nicht·" Seine Blicke gehen in alle Richtungen, sein Herz fängt wieder an, schneller zu schlagen· Der Speer fängt nun an, sich zu bewegen, und zeigt in die Richtung, aus der der Bär kam·

Till hört dann dieses grässliche Schnaufen, er schaut in die Richtung, aus der es herkommt· Von Weitem sieht er in der dunklen Ecke der Höhle wieder funkelnde, rote, glühende Augen, die wie Saphire leuchten· Er sieht seine Schwester an, die regungslos mit aufgerissenen Augen dasteht, er ruft sie, so laut er kann: „Samynija, um Gottes willen! Beweg dich! Komm schnell her!" Sie reagiert nicht· Da packt Till sie an beiden Schultern und rüttelt sie·

Sie schaut ihn an und fängt an zu weinen· Till schreit: „Wir müssen hier sofort weg·"

Der Bär richtet sich auf, er ist nur noch ein paar Meter von ihnen entfernt, Till packt seine Schwester an der linken Hand und zerrt an ihr, endlich reagiert sie· „Schnell", schreit er sie wieder an, „renn um dein Leben!" Sie rennen, so schnell sie können, aus der Höhle, und sehen keine andere Fluchtmöglichkeit, als in einen See zu springen·

Samynija hält immer noch den Speer in der Hand· „Wir müssen tauchen, so tief, wie wir können·" Der Bär ist höchstens noch zwei Meter von ihnen entfernt, sie springen in den See und tauchen so tief, wie sie können – bis ihnen fast die Luft ausgeht· Plötzlich geraten sie in einen Wasserstrudel, der sie noch tiefer hinabzieht·

Till denkt, dass es ihr Ende sei· Der Strudel zieht sie unter den Berg, als aber die Kraft des Strudels nachlässt, können er und Samynija mit allerletzter Kraft noch nach oben schwimmen und so dem Tod entkommen·

Das ist Rettung in allerletzter Sekunde·

Als beide entkräftet auftauchen und sich am
Felsen festhalten können, befinden sie sich
nicht, wie erhofft, in Freiheit, sondern in einem
kleinen Wasserbecken, das nicht viel größer ist
als eine Badewanne. An der Innenseite geht es
durch eine Wand in eine Nachbarhöhle.
Es ist dunkel in dieser Höhle, das Licht, das
nur spärlich von oben nach unten kommt,
erleuchtet nur ein paar Ecken der Höhle.
Drei Felsbrocken, zwei in der Mitte und einer
rechts, versperren ihnen die Sicht. Die Spalten
zwischen den Felsen geben ihnen die Möglichkeit
hindurchzusehen. Was sie sehen, lässt ihnen den
Atem stocken. Denn sie sind mitten im
Winterquartier eines der größten und
gefährlichsten Raubtiere der Welt.
Tills Schwester, die nur eine Armlänge von ihm
entfernt ist, hat ihm so viel Willenskraft, Mut,
Entschlossenheit und noch viel mehr bewiesen.
Sie schaut ihn nun mit ihren großen Augen an
und legt ihre Hand auf seine Schulter, zieht
sich selbst ganz nah an ihn heran, kommt mit
ihrem Kopf seitlich an seine Schulter und sagt

ihm ganz leise ins Ohr: „Wir werden hier nicht
sterben, und noch bevor der Tag zu Ende ist,
liegen wir in den Armen unserer Eltern·" Dabei
schaut Till Samynija in ihre Augen, und das,
was er in ihren Augen sieht, ist eine
Entschlossenheit, wie er sie von ihr noch nicht
kennt· Durch das, was sie gesagt hat und wie
sie es gesagt hat, und durch ihre
Entschlossenheit gibt sie ihm wieder neue
Kraft· Er ist ganz in Gedanken, als der Speer,
der unter Wasser ist, wieder anfängt, rot zu
leuchten· Samynija schaut weder nach links noch
nach rechts, sondern sie zieht ihren Speer ganz
nah an ihren Körper und taucht mit den Füßen
voraus ab·
Genau in diesem Moment sieht Till, am Felsen
vorbeischauend, wie ein großer Bär auf die
Wasserquelle zukommt· Er bekommt einen
Riesenschrecken und taucht ebenfalls mit den
Füßen voraus ab· Einen kurzen Augenblick
später kommt der riesige Bär an der
Wasserquelle an und beginnt, aus ihr zu
trinken· Samynija und Till sind unter Wasser

ganz nah zusammen, sie halten die Luft an und
schauen nach oben und können dem Bären beim
Wassertrinken direkt in seine Schnauze sehen·
Samynija schaut Till an, ihre Luft wird knapp,
sie zieht ihren Speer ganz nah an ihren Körper
heran, ihre Beine drückt sie links und rechts
gegen die Felsen; sie schaut nach oben, der
Speer richtet sich zum Oberkörper des Bären·
Der Bär ist immer noch dabei zu trinken· Was
Till dann sieht, wird er wohl niemals im Leben
vergessen können· Samynija geht in die Hocke,
ihre Beine klemmt sie zwischen den Felsen fest,
ihr Blick ist nach oben gerichtet, dann hält sie
den Speer mit beiden Händen fest· Plötzlich
schießt sie wie ein Delfin, ihre Arme nach vorne
ausstreckend, nach oben, und der Speer
durchbohrt das Wasser und dann den
Oberkörper des Bären· Der Bär schreit laut auf
und richtet sich auf· Dabei zieht er Samynija
fast ganz aus dem Wasser· Die Speerspitze
rutscht aus dem Bären wieder raus, und
Samynija fällt wieder zurück ins Wasser· Der
Bär ist schwer getroffen, schreiend will er sich

auf allen vieren von der Wasserquelle entfernen,
bricht dann aber tot zusammen.

Die anderen Bären machen sich über den toten
Kadaver her. Da alle Bären beschäftigt sind, ist
dies für Samynija und Till die Chance zu fliehen.
Langsam und leise klettern sie aus dem Wasser
heraus, immer den Blick zu den Bären gerichtet,
in einen anderen Höhleneingang.

Wieder sehen sie nicht viel, hören aber plötzlich
erneut Geräusche, doch diesmal leuchtet der
Speer nicht.

„Hallo, ist da jemand?", fängt Till an zu rufen.
Es kommt keine Antwort, und sie gehen
langsam weiter, die Geräusche werden aber
lauter, und Till ruft noch einmal: „Hallo, ist da
jemand?"

„Ja!", kommt es zurück, mehrere
Taschenlampen leuchten ihnen entgegen. In
diesem Moment spüren sie eine große
Erleichterung, sie sehen die Menschen, die nach
ihnen gesucht haben.

Weinend vor Glück, hören sie uns – ihre Eltern,
mich und Kai, die nach ihnen gesucht haben. Sie

rufen unsere Namen· Dann stehen wir alle da, und wir sind fast außer uns vor Glück· Till und Samynija springen uns in die Arme· Als sie so in unseren Armen sind, schauen Till und Samynija einander an· Und dann sagt Samynija ganz leise: „Noch bevor der Tag zu Ende ist·"

Jetzt ist noch ein Geheimnis zu lüften: Was sind das für merkwürdige Schriftzeichen auf dem Stab?